孩子必读的励志神话故事

胡月 张菡 编写

广西师范大学出版社

·桂林·

图书在版编目(CIP)数据

孩子必读的励志神话故事/胡月,张菡 编著. —桂林:广西师范大学出版社,2010.1

ISBN 978-7-5633-9350-3

Ⅰ.孩… Ⅱ.①胡…②张… Ⅲ.神话-作品集-中国 Ⅳ.I277.5

中国版本图书馆 CIP 数据核字(2009)第 236372 号

总 监 制:郑纳新

责任编辑:刘明燕

装帧设计:赵 瑾

封面插图:魏 虹

广西师范大学出版社出版发行

(广西桂林市中华路22号 邮政编码:541001
网址:http://www.bbtpress.com)

出版人:何林夏

全国新华书店经销

销售热线:021-31260822-129/139

山东新华印刷厂临沂厂印刷

(山东省临沂市高新技术产业开发区新华路东段 邮政编码:276017)

开本:890mm×1 240mm 1/32

印张:5.25 字数:110 千字

2010 年 1 月第 1 版 2010 年 1 月第 1 次印刷

定价:16.00 元

目录

盘古开天辟地　1

掌管最冷的地方的烛阴　5

女娲造人　8

有巢氏筑巢　11

燧人氏钻木取火　14

火神大胜水神　17

水神共工怒触不周山　20

女娲补天　23

神农炎帝　26

精卫填海　30

巫山神女瑶姬　33

愚公移山　36

黄帝战蚩尤　40

风后发明指南车　44

不甘失败的刑天　47

教民养蚕的嫘祖　50

仓颉创造文字　53

黄帝的音乐　56

目录

酿酒的始祖杜康 60
神荼和郁垒 63
危杀窫窳 66
百鸟之王少昊 69
颛顼隔绝天地 72
太阳儿子和妈妈羲和 75
追赶太阳的夸父 78
后羿射九日 81
铲除毒蛇猛兽的后羿 85

嫦娥奔月 88
永不相见的商星和参星 91
尧让位给舜 94
娥皇女英与湘妃竹 98
被抛弃的后稷 102
善于发明创造的巧倕 105
鲧窃息壤 108
大禹治水 111
大禹杀相柳 115

和鸟兽说话的伯益　118
玄鸟生下的契　121
神犬盘瓠　124
鲛人的故事　127
廪君与盐水女神　130
神仙住的昆仑山　133
神仙的乐园
——蓬莱、方丈和瀛洲　136
小人国　140

大人国　144
丈夫国和女子国　147
会打渔的长臂国人　150
会飞的羽民国人　153
手巧的奇肱国人　156
长生的不死国人　159

pán gǔ kāi tiān pì dì

盘古开天辟地

zài fēi cháng fēi cháng jiǔ yuǎn de nián dài yǔ zhòu hǎo xiàng yī gè shuò dà
在非常非常久远的年代,宇宙好像一个硕大
de jī dàn lǐ miàn yùn yù zhe rén lèi de zǔ xiān pán gǔ tā zài zhè ge
的鸡蛋,里面孕育着人类的祖先——盘古。他在这个
dà jī dàn zhōng bù duàn de shuì a shuì a jiù zhè yàng yī zhí shuì le yī wàn bā
大鸡蛋中不断地睡啊睡啊,就这样一直睡了一万八
qiān nián
千年。

zhōng yú yǒu yī tiān pán gǔ xǐng lái le tā zhēng kāi shuāng yǎn fā xiàn
终于有一天,盘古醒来了。他睁开双眼,发现
zhōu wéi yī piàn qī hēi zěn me shén me yě kàn bù jiàn ne zhè shí tā shǐ chū
周围一片漆黑,怎么什么也看不见呢?这时,他使出
quán shēn de lì qi huī dòng fǔ zi zhǐ tīng jiàn shān bēng dì liè de yī shēng hōng
全身的力气,挥动斧子,只听见山崩地裂的一声轰
rán jù xiǎng nà ge bāo guǒ tā de jiān yìng wài ké bèi pī kāi le lǐ miàn nà xiē
然巨响,那个包裹他的坚硬外壳被劈开了。里面那些
qīng de dōng xi jiàn jiàn shàng shēng biàn chéng le tiān zhòng de dōng xi màn màn xià
轻的东西渐渐上升,变成了天;重的东西慢慢下
chén biàn chéng le dà dì
沉,变成了大地。

pán gǔ zhàn zài tiān dì zhī jiān tā de zhì huì chāo guò tiān néng lì chāo guò
盘古站在天地之间,他的智慧超过天,能力超过

dì tā pà tiān dì hé qǐ lái jiù yòng tóu dǐng zhe tiān yòng jiǎo cǎi zhe dì

地。他怕天地合起来，就用头顶着天，用脚踩着地。

tiān měi shēng gāo yī zhàng dì měi jiā hòu yī zhàng pán gǔ de shēn zi yě gēn zhe

天每升高一丈，地每加厚一丈，盘古的身子也跟着

zēng cháng yòu guò le yī wàn bā qiān nián tiān shēng de gāo jí le dì biàn de

增长。又过了一万八千年，天升得高极了，地变得

hòu jí le pán gǔ yě zhǎng de jí gāo le tā xiàng yī gēn jù dà de zhù zi lì

厚极了，盘古也长得极高了。他像一根巨大的柱子立

zài tiān dì dāng zhōng jiàn jiàn de tiān dì bèi gù dìng zhù le kě shì pán gǔ biàn

在天地当中，渐渐地，天地被固定住了，可是，盘古变

de pí bèi bù kān zhōng yú yǒu yī tiān tā dǎo xià lái sǐ qù le tā de

得疲惫不堪。终于有一天，他倒下来死去了。他的

zhěng gè shēn tǐ fā shēng zhe jù dà de biàn huà kǒu lǐ hū chū de qì biàn chéng le

整个身体发生着巨大的变化：口里呼出的气变成了

fēng hé yún shēng yīn biàn chéng le hōng lōng de léi tíng hé pī lì zuǒ yǎn biàn chéng

风和云；声音变成了轰隆的雷霆和霹雳；左眼变成

le guāng máng sì shè de tài yáng yòu yǎn biàn chéng le jiǎo jié de yuè liang shǒu jiǎo

了光芒四射的太阳；右眼变成了皎洁的月亮；手脚

biàn chéng le zhī chēng tiān kōng de sì gè tiān zhù wǔ zàng biàn chéng le wǔ fāng de

变成了支撑天空的四个天柱；五脏变成了五方的

míng shān xuè yè biàn chéng le chuān liú bù xī de jiāng hé hú hǎi jīn mài biàn chéng

名山；血液变成了川流不息的江河湖海；筋脉变成

le dào lù jī ròu biàn chéng le wò tǔ tóu fa hé hú xū biàn chéng le tiān shàng

了道路；肌肉变成了沃土；头发和胡须变成了天上

de xīng xing pí fū hé hàn máo biàn chéng le huā cǎo shù mù yá chǐ gú tou gú

的星星；皮肤和汗毛变成了花草树木；牙齿、骨头、骨

suǐ děng dōu biàn chéng le shǎn guāng de jīn shǔ jiān yìng de shí tou yuán liàng de

髓等，都变成了闪光的金属、坚硬的石头、圆亮的

zhēn zhū hé wēn rùn de yù shí chéng wéi dà dì de bǎo zàng jiù lián shēn shàng de

珍珠和温润的玉石，成为大地的宝藏；就连身上的

hàn shuǐ yě huà wéi le yǔ lù hé gān lín

汗水，也化为了雨露和甘霖。

pán gǔ yǐ zì jǐ tiān shēng de shén lì hé jiān qiáng de yì zhì kāi chuàng le

盘古以自己天生的神力和坚强的意志开创了

tiān dì yòu gòng xiàn le zì jǐ de yī qiè gěi hòu lái de rén lèi liú xià le měi lì
天地，又贡献了自己的一切，给后来的人类留下了美丽

ér fēng fù de jiā yuán zhè ge měi lì xīn shì jiè zài jìng jìng de děng dài rén lèi
而丰富的家园。这个美丽新世界在静静地等待人类

de chū xiàn
的出现。

zhǎng guǎn zuì lěng de dì fang de zhú yīn
掌管最冷的地方的烛阴

pán gǔ kāi pì tiān dì yǐ lái měi yī zuò gāo shān měi yī tiáo dà hé dōu fēn bié yóu yī wèi shén lái zhǎng guǎn zài wǒ men shēng huó de zhè ge shì jiè shàng zuì běi duān jiù shì zuì lěng de dì fang nà lǐ cháng nián lěi yuè guā zhe zhèn zhèn hán fēng dào chù dōu shì hán bīng hé jī xuě rén hěn nán shēng cún xià qù zhè bīng tiān xuě dì zhī jiān yǒu yī zuò shān míng jiào zhōng shān cóng tiān dì chū xiàn zhī hòu jiù yǒu yī wèi shén yī zhí zhù zài zhōng shān de jiǎo xià tā de míng zi jiào zhú yīn tā de rèn wù jiù shì zhōng nián kān shǒu zhè shì shàng zuì hán lěng de dì fang

盘古开辟天地以来,每一座高山、每一条大河都分别由一位神来掌管。在我们生活的这个世界上,最北端就是最冷的地方。那里,常年累月刮着阵阵寒风,到处都是寒冰和积雪,人很难生存下去。这冰天雪地之间有一座山,名叫钟山。从天地出现之后,就有一位神一直住在钟山的脚下,他的名字叫烛阴。他的任务就是终年看守这世上最寒冷的地方。

zhú yīn zhǎng zhe yī fù hé rén yī yàng de miàn kǒng zhǐ shì tā de yǎn jing hěn qí tè shù lì zài liǎn shàng tā de pí fū shì hóng sè de zhǐ zhǎng zhe yī tiáo tuǐ zhěng gè shēn zi xiàng yī tiáo dà shé jiǎo zú zú yǒu yī qiān lǐ nà me cháng měi tiān tā bù hē shuǐ yě bù chī dōng xi zuì wéi qí guài de jiù shì zhú

烛阴长着一副和人一样的面孔,只是他的眼睛很奇特,竖立在脸上。他的皮肤是红色的,只长着一条腿,整个身子像一条大蛇,脚足足有一千里那么长。每天,他不喝水也不吃东西。最为奇怪的就是烛

yīn de hū xī tā de hū xī kòng zhì zhe tiān qì de lěng nuǎn biàn huà dāng tā hū
阴的呼吸。他的呼吸控制着天气的冷暖变化：当他呼
chū lěng qì de shí hou mǎ shàng jiù guā qǐ hū hū de hán fēng tiān dì zhī jiān
出冷气的时候，马上就刮起“呼呼”的寒风，天地之间
dùn shí xiàng bèi bīng dòng guò le yī yàng zhè yàng de shí hou jiù shì hán lěng de dōng
顿时像被冰冻过了一样，这样的时候就是寒冷的冬
jì zhěng gè shì jiè biàn chéng bīng tiān xuě dì dāng zhú yīn hū chū rè qì de shí
季，整个世界变成冰天雪地；当烛阴呼出热气的时
hou jiù dào chù rè cháo gǔn gǔn xiàng shì yī tuán tuán huǒ qiú gǔn guò dì miàn zhè
候，就到处热潮滚滚，像是一团团火球滚过地面，这
ge shí hou jiù biàn chéng yán rè de xià tiān
个时候就变成炎热的夏天。

zhú yīn kě bù shì tiān tiān wǎn shàng dōu shuì jiào zǎo chén zài xǐng lái de zhè
烛阴可不是天天晚上都睡觉，早晨再醒来的。这
ge qí guài de shén yī shuì jiù shì bàn nián tóng yàng de tā xǐng de shí hou yě shì
个奇怪的神一睡就是半年，同样的，他醒的时候也是
bàn nián dāng zhú yīn xǐng guò lái de shí hou biàn zhēng kāi shuāng yǎn tā de yǎn
半年。当烛阴醒过来的时候，便睁开双眼，他的眼
jing yòu dà yòu míng liàng bǎ zhè piàn yuán lái hěn hēi àn hěn hán lěng de tǔ dì zhào
睛又大又明亮，把这片原来很黑暗很寒冷的土地照
yào de xiàng bái tiān yī yàng liàng zài tā shuì zháo de nà bàn nián tā de yǎn jing yī
耀得像白天一样亮；在他睡着的那半年，他的眼睛一
zhí bì de jǐn jǐn de zhè yàng yī lái dào chù dōu shì hēi qī qī de zhè fēn bié
直闭得紧紧的，这样一来，到处都是黑漆漆的。这分别
jiù shì wǒ men xiàn zài chēng wéi jí zhòu jí yè de xiàn xiàng
就是我们现在称为“极昼”“极夜”的现象。

nǚ wā zào rén

女娲造人

pán gǔ kāi tiān pì dì yǐ hòu shānchuān shù mù kāi shǐ shēngzhǎng fēi qín
盘古开天辟地以后，山川树木开始生长，飞禽
zǒushòu yě kāi shǐ fán yǎn bù zhī shén me shí hou tiānshàng xià lái le yī wèi
走兽也开始繁衍。不知什么时候，天上下来了一位
rén tóu shéshēn de nǚ shén tā biàn shì chuàngzào rén lèi de nǚ wā nǚ wā shì
人头蛇身的女神，她便是创造人类的女娲。女娲是
yī wèi měi lì shànliáng ér qiě cōng huì de nǚ shén tā nénggòu zì yóu de zài kōng
一位美丽善良而且聪慧的女神，她能够自由地在空
zhōng fēi xíng yī tiānzhōngnéngbiànhuà qī shí duō cì tā ài shàng le shì shàng
中飞行，一天中能变化七十多次。她爱上了世上
měi lì de jǐng sè dàochù yóuwán
美丽的景色，到处游玩。

yǒu yī tiān nǚ wā tū rán jué de hěn gū dān kàndào zì jǐ shuǐzhōng de
有一天，女娲突然觉得很孤单。看到自己水中的
dàoyǐng tā xiǎng yào shì zài yǒu yī gè zì jǐ shuōshuō huà gāi duō hǎo a xiǎng
倒影，她想，要是再有一个自己说说话该多好啊！想
zhe xiǎng zhe tā tū rán máo sè dùn kāi bù rú zì jǐ zuò yī gè zì jǐ ba
着想着，她突然茅塞顿开，不如自己做一个自己吧！
kě shì zěn me zuò ne tā zǒu zhe zǒu zhe lái dào le xiǎo xī biān zài nà qīngchè
可是怎么做呢？她走着走着，来到了小溪边，在那清澈
de xī shuǐzhōng kàn dào le zì jǐ de miànkǒng tā yòngshuǐhuò zhe xiǎo xī biān de
的溪水中看到了自己的面孔。她用水和着小溪边的

huáng tǔ àn zì jǐ de yàng zi niē chū le hǎo duō xiǎo ní wá wa tā xiǎo xīn yì
黄土，按自己的样子捏出了好多小泥娃娃。她小心翼
yì de jiāng gāng zuò hǎo de ní wá wa píng fàng zài dì shang duì zhe tā men chuī le
翼地将刚做好的泥娃娃平放在地上，对着他们吹了
yī kǒu qì nà xiē xiǎo ní rén yī xià zi jiù huó le qǐ lái tā men wéi rào zhe nǚ
一口气，那些小泥人一下子就活了起来，他们围绕着女
wā tiào a chàng a nǚ wā fēi cháng kāi xīn gěi zhè xiē xiǎo ní wá wa qǔ le
娲跳啊唱啊。女娲非常开心，给这些小泥娃娃取了
yī gè míng zi jiào zuò rén
一个名字，叫做“人”。

nǚ wā duì tā de zuò pǐn hěn mǎn yì xiǎng ràng zhè xiē xiǎo rén bù mǎn shì jiān
女娲对她的作品很满意，想让这些小人布满世间
de měi yī gè jiǎo luò kě shì shì jiān bì jìng tài dà le tā yòu niē le hěn duō xiǎo
的每一个角落，可是世间毕竟太大了，她又捏了很多小
ní rén jué de hěn lèi yú shì tā cóng shān yá shàng chě xià yī gēn téng tiáo
泥人，觉得很累。于是，她从山崖上扯下一根藤条，
shēn jìn ní tán jiǎo zhe hún huáng de ní jiāng xiàng wài yī shuǎi yī gè ní diǎn jiù
伸进泥潭，搅着浑黄的泥浆，向外一甩，一个泥点就
xíng chéng le yī gè xiǎo rén nǚ wā hěn gāo xìng tā zhè yàng shuǎi zhe shuǎi zhe
形成了一个小人。女娲很高兴，她这样甩着甩着，
bù jiǔ dà dì shàng dào chù dōu yǒu le rén
不久，大地上到处都有了人。

nǚ wā bǎ zhè xiē xiǎo rén fēn chéng le nán rén hé nǚ rén ràng tā men jié
女娲把这些小人分成了男人和女人，让他们结
hūn yī qǐ dǎ liè bǔ yú yī qǐ shēng huó shēng chū zì jǐ de hòu dài rén
婚，一起打猎、捕鱼，一起生活，生出自己的后代。人
lèi jiù zhè yàng yī dài yī dài shēng huó xià lái le cóng cǐ wǒ men zhè ge měi
类就这样一代一代生活下来了。从此，我们这个美
lì de shì jiè dào chù chōng mǎn shēng jī
丽的世界到处充满生机。

yǒu cháo shì zhù cháo

有巢氏筑巢

nǚ wā shǐ zǔ chuàng zào le rén lèi zhī hòu dà dì shàng de rén yuè lái yuè
女娲始祖创造了人类之后，大地上的人越来越
duō le yuǎn gǔ de shí hou rén men hái bù huì gài fáng zi jiù shēng huó zài dòng
多了。远古的时候，人们还不会盖房子，就生活在洞
xué zhī zhōng nà ge shí hou dà zì rán de qì hòu wēn nuǎn ér shī rùn cǎo mù
穴之中。那个时候，大自然的气候温暖而湿润，草木
shēng zhǎng de hěn fán mào fēi qín zǒu shòu hěn duō rén men kào bǔ zhuō niǎo shòu
生长得很繁茂。飞禽走兽很多，人们靠捕捉鸟兽
lái zuò shí wù kě shì dào chù dōu shì yě shòu tā men hěn róng yì jiù néng jiē
来做食物。可是，到处都是野兽，它们很容易就能接
jìn rén men zhù de dòng xué rén men suí shí dōu yǒu kě néng bèi shī zi lǎo hǔ zhī
近人们住的洞穴，人们随时都有可能被狮子、老虎之
lèi de měng shòu tūn xià qù dà jiā fēi cháng hài pà kě shì què méi yǒu shén me
类的猛兽吞下去。大家非常害怕，可是却没有什么
bàn fǎ
办法。

jiù zài zhè ge shí hou yī wèi shén rén lái dào le rén jiān tā kàn dào rén
就在这个时候，一位神人来到了人间。他看到人
men méi yǒu gù dìng de zhù chù jiù kāi shǐ jiāo rén men xiàng niǎo er yī yàng zhù cháo
们没有固定的住处，就开始教人们像鸟儿一样筑巢。
tā duì rén men shuō nǐ men kàn niǎo er zài shù shàng xiū zhù zì jǐ de niǎo
他对人们说：“你们看，鸟儿在树上修筑自己的鸟

cháo zhè xiē niǎo cháo gāo gāo de jià zài shù chà zhī jiān nà xiē yě shòu hěn nán shāng
巢，这些鸟巢高高地架在树杈之间，那些野兽很难伤
hài dào tā men rén men tīng le jué de hěn yǒu dào lǐ yú shì kāi shǐ gēn suí zhè
害到它们。”人们听了觉得很有道理，于是开始跟随这
wèi shén rén xué xí zěn yàng zài gāo gāo de shù shàng zhù qǐ wū zi tā men jiǎn lái
位神人学习怎样在高高的树上筑起屋子。他们拣来
shù zhī hé máo cǎo zài shù chà jiān zhǎo bǐ jiào kāi kuò hé píng wěn de dì fang yòng
树枝和茅草，在树杈间找比较开阔和平稳的地方，用
jiǎn lái de shù zhī hé máo cǎo dā jiàn qǐ fáng wū shù shàng de fáng zi lí kāi dì
拣来的树枝和茅草搭建起房屋。树上的房子离开地
miàn hěn yuǎn yě shòu hěn nán zài wēi hài rén men le
面很远，野兽很难再危害人们了。

cóng zhè yǐ hòu rén men bái tiān xià dào dì miàn jiǎn yě guǒ chī wǎn shàng jiù
从这以后，人们白天下到地面拣野果吃，晚上就
pá dào shù chà jiān de fáng zi lǐ shuì jiào rén men duì zhè wèi gòu mù wéi cháo
爬到树杈间的房子里睡觉。人们对这位“构木为巢”
de shén rén shí fēn gǎn jī zūn chēng tā wéi yǒu cháo shì hái yōng dài tā wéi shǒu
的神人十分感激，尊称他为有巢氏，还拥戴他为首
lǐng dà jiā dōu zì chēng shì yǒu cháo shì de zǐ mín cóng shēng huó zài dòng xué lǐ
领，大家都自称是有巢氏的子民。从生活在洞穴里
dào gài fáng zi bì kāi wēi hài zhè kě shì wǒ men rén lèi de yī dà jìn bù a
到盖房子避开危害，这可是我们人类的一大进步啊！
rén men wàng bù liǎo yǒu cháo shì de ēn dé yòu zūn chēng yǒu cháo shì wéi dà cháo
人们忘不了有巢氏的恩德，又尊称有巢氏为大巢
shì
氏。

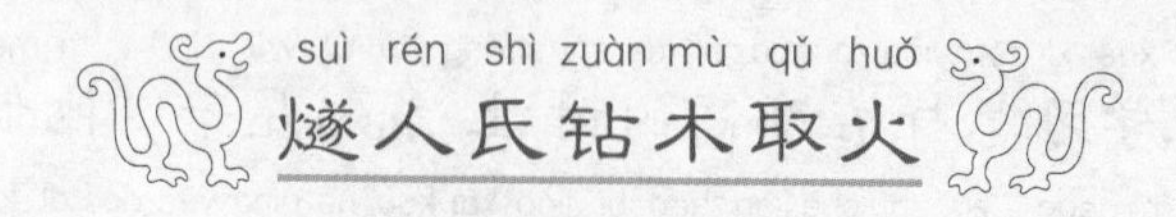

suì rén shì zuàn mù qǔ huǒ

燧人氏钻木取火

gǔ shí hou rén men kào dǎ liè wéi shēng è le chī shēng ròu kě le hē
古时候，人们靠打猎为生，饿了吃生肉，渴了喝
shēng xiě shān lǐ miàn tiān qì biàn huà duō duān cháng cháng shì qíng tiān zhuǎn yǎn
生血。山里面天气变化多端，常常是晴天转眼
jiān jiù xià qǐ dà yǔ yù dào dǎ léi shǎn diàn shù lín lǐ jiù huì rán qǐ dà huǒ
间就下起大雨。遇到打雷闪电，树林里就会燃起大火，
rén men dǎ liè de shí hou kàn dào huǒ dōu hài pà de yào mìng
人们打猎的时候看到火都害怕得要命。

yǒu yī tiān shān lín lǐ yòu rán qǐ le yī chǎng tè bié dà de huǒ huǒ shāo
有一天，山林里又燃起了一场特别大的火，火烧
le hěn jiǔ zhī hòu guàn mù cóng cǎo dì hé shù shàng de zhī yè dōu hái mào zhe lǚ
了很久之后，灌木丛、草地和树上的枝叶都还冒着缕
lǚ qīng yān shù lín lǐ liú xià le xǔ duō bèi shāo sǐ de yě shòu yǒu yī wèi
缕青烟。树林里留下了许多被烧死的野兽，有一位
shèng rén jiǎn qǐ yī zhī shān jī cháng le cháng jué de bǐ shēng ròu hǎo jiáo yě hǎo
圣人捡起一只山鸡尝了尝，觉得比生肉好嚼也好
chī duō le yú shì tā dài lǐng dà jiā bǎ zhè xiē shāo shú de fēi qín zǒu shòu jiǎn
吃多了。于是，他带领大家把这些烧熟的飞禽走兽捡
huí lái yī qǐ chī rén men dōu jué de shēng ròu tài bù hǎo chī le tā men pàn
回来一起吃。人们都觉得生肉太不好吃了，他们盼
wàng shān lín lǐ néng zài lái yī chǎng dà huǒ néng zài jiǎn huí shú ròu
望山林里能再来一场大火，能再捡回熟肉。

shèng rén jué de zǒng shì děng dà huǒ bù shì bàn fǎ yǒu shén me bàn fǎ kě
圣人觉得总是等大火不是办法。有什么办法可
yǐ zì jǐ qǔ huǒ ne yǒu yī tiān tā lái dào suì míng guó zhè lǐ yǒu yī kē
以自己取火呢?有一天,他来到遂明国。这里有一棵
dà shù jiào suì mù shù shàng yǒu yī zhǒng dà niǎo bèng bèng tiào tiào de zhǎo
大树,叫“遂木”。树上有一种大鸟,蹦蹦跳跳地找
chóng chī bù shí yòng fēng lì de zuǐ ba zhuó shù gàn zhuó yī xià shù gàn jiù mào
虫吃,不时用锋利的嘴巴啄树干。啄一下,树干就冒
chū càn làn de huǒ huā shèng rén líng jī yī dòng jiǎn lái yī gēn yìng mù zhī zài
出灿烂的火花。圣人灵机一动,捡来一根硬木枝,在
suì mù shàng zuàn qǐ lai jié guǒ zhēn de mào chū le huǒ huā shèng rén shì le yòu
遂木上钻起来,结果真的冒出了火花。圣人试了又
shì bù duàn zhuó mó zuì hòu zhōng yú fā míng le zuàn mù qǔ huǒ de fāng fǎ
试、不断琢磨,最后终于发明了钻木取火的方法。
tā hái jiāo huì le rén men zěn yàng qǔ huǒ rén men zài yě bù chī shēng ròu hē
他还教会了人们怎样取火。人们再也不吃生肉、喝
shēng xiě le jiù lián nà xiē yú biē bàng gé zhī lèi yǒu xīng sāo wèi de dōng xi
生血了,就连那些鱼、鳖、蚌、蛤之类有腥臊味的东西
yě kě yǐ shāo shú lái chī huǒ gěi rén men de shēng huó dài lái le hěn duō hǎo chù
也可以烧熟来吃。火给人们的生活带来了很多好处
hé fāng biàn rén men kě yǐ yòng huǒ lái zhào míng chī shāo shú de shí wù shēn tǐ yě
和方便,人们可以用火来照明,吃烧熟的食物身体也
qiáng zhuàng le hěn duō
强壮了很多!

shèng rén fā míng le zuàn mù qǔ huǒ de fāng fǎ yòng tā de zhì huì wèi rén
圣人发明了钻木取火的方法,用他的智慧为人
lèi zào le fú rén men dōu gǎn xiè jìng yǎng tā chēng tā wéi suì rén shì
类造了福。人们都感谢、敬仰他,称他为“燧人氏”,
jiù shì qǔ huǒ zhě de yì si zài suì rén shì sǐ hòu rén men xiū jiàn le hěn dà
就是取火者的意思。在燧人氏死后,人们修建了很大
de mù lái jì niàn tā
的墓来纪念他。

huǒ shén dà shèng shuǐ shén

火神大胜水神

zhù róng chū shēng de shí hou suì rén shì zǎo yǐ fā míng le zuàn mù qǔ huǒ

祝融出生的时候，燧人氏早已发明了钻木取火

de fāng fǎ rén men yǐ jīng huì yòng huǒ lái zhào míng yòng huǒ lái zhǔ shí wù kě

的方法，人们已经会用火来照明，用火来煮食物。可

shì gāi zěn yàng bǎo cún huǒ ne zhè kě shì yī gè hěn dà de nán tí zhù róng

是，该怎样保存火呢？这可是一个很大的难题。祝融

cóng xiǎo cōng míng líng lì zhǎng dà yǐ hòu bù jǐn shì zuàn mù qǔ huǒ de gāo shǒu

从小聪明伶俐，长大以后不仅是钻木取火的高手，

ér qiě hěn huì bǎo cún huǒ zhǒng huáng dì jiù fēng zhù róng wéi huǒ zhèng guān zài

而且很会保存火种。黄帝就封祝融为火正官。在

yú chī yóu de zhàn dòu zhōng zhù róng yòng huǒ gōng de bàn fǎ bāng zhù huáng dì qǔ

与蚩尤的战斗中，祝融用火攻的办法帮助黄帝取

dé le shèng lì huáng dì kāi shǐ zhòng yòng zhù róng zhù róng hěn shàn liáng gěi

得了胜利，黄帝开始重用祝融。祝融很善良，给

nán fāng de rén men dài qù huǒ zhǒng ér qiě jiāo tā men yòng yān huǒ gǎn zǒu wén

南方的人们带去火种，而且教他们用烟火赶走蚊

chóng zhù róng bèi shàng tiān fēng wéi le huǒ shén dà jiā fēi cháng zūn jìng tā

虫。祝融被上天封为了火神，大家非常尊敬他。

shuǐ shén gòng gōng zhù zài dōng hǎi lǐ xìng qíng yǒu xiē bào zào tā xīn xiǎng

水神共工住在东海里，性情有些暴躁。他心想：

shuǐ yǔ huǒ dōu shì rén shēng huó xū yào de dōng xi wèi shén me zhǐ jìng huǒ shén bù

“水与火都是人生活需要的东西，为什么只敬火神不

jìng wǒ shuǐshén ne tā kāi shǐ yǒudiǎn jí dù le zhōng yú yǒu yī tiān tā xiàng
敬我水神呢?”他开始有点嫉妒了，终于有一天，他向
huǒshén fā qǐ le tiǎozhàn
火神发起了挑战。

gònggōng shuài lǐng zhe shuǐ zú xiàng zhù róng jū zhù de guāng míng gōng jìn
共工率领着水族，向祝融居住的光明宫进
gōng bǎ guāngmínggōngzhōu wéi chángnián bù xī de shén huǒ nòng miè le gǎo de
攻，把光明宫周围常年不熄的神火弄灭了，搞得
dà dì shàng yī piàn qī hēi zhù róngshēng qì le tā jià zhe yī tiáo huǒ lóng chū
大地上一片漆黑。祝融生气了，他驾着一条火龙出
lái yíngzhàn nà huǒ lóng quán shēn fā guāng liè yàn téng kōng bǎ dà dì zhào de
来迎战，那火龙全身发光、烈焰腾空，把大地照得
tōngmíng guāngmínggōng lǐ de shénhuǒ yòu fù rán le
通明，光明宫里的神火又复燃了。

shuǐshéngònggōng méi yǒu néng pū miè shén huǒ hěn shēng qì diào lái le wǔ
水神共工没有能扑灭神火，很生气，调来了五
hú sì hǎi de dà shuǐ zhí wǎng zhù róng hé tā qí de huǒ lóng pō qù kě shì
湖四海的大水，直往祝融和他骑的火龙泼去。可是，
shuǐ wǎng dī chù liú dà shuǐ yī tuì shén huǒ yòu rán shāo qǐ lái zhù róng qí zhe
水往低处流，大水一退，神火又燃烧起来。祝融骑着
nà tiáo huǒ lóng liè yàn téngténg de zhí xiàng gòng gōng pū qù cháng cháng de huǒ
那条火龙，烈焰腾腾地直向共工扑去，长长的火
shé bǎ gònggōng shāo de jiāo tóu làn é gòng gōng dǐ dǎng bù zhù tuì huí dà
舌，把共工烧得焦头烂额。共工抵挡不住，退回大
hǎi lǐ le zhè cì de dà zhàn huǒshényíng le
海里了。这次的大战，火神赢了。

zhù róng zhè ge míng zi de yì si jiù shì yǒngyuǎn guāngmíng rén men
“祝融”这个名字的意思就是永远光明，人们
qī pàn huǒshén yǒngyuǎn dài lái guāngmíng hé wēnnuǎn
期盼火神永远带来光明和温暖。

shuǐ shéng gòng gōng nù chù bù zhōu shān
水神共工怒触不周山

zhuān xū shì huáng dì de sūn zi hào gāo yáng shì tā hěn yǒu zhì
颛顼是黄帝的孙子，号“高阳氏”。他很有智
móu zài mín zhòng zhōng yǒu hěn gāo de wēi xìn měi dào yī gè dì fang dōu shòu dào
谋，在民众中有很高的威信，每到一个地方，都受到
rè qíng jiē dài yǔ zhuān xū tóng shí yǒu gè bù luò lǐng xiù jiào gòng gōng
热情接待。与颛顼同时，有个部落领袖，叫“共工
shì chuán shuō tā shì rén shǒu shé shēn zhǎng zhe mǎn tóu de chì fà tā de zuò
氏”。传说他是人首蛇身，长着满头的赤发，他的坐
qí shì liǎng tiáo lóng
骑是两条龙。

gòng gōng shì xìng jiāng shì yán dì de hòu dài tā duì nóng gēng hěn zhòng
共工氏姓姜，是炎帝的后代。他对农耕很重
shì tè bié shì shuǐ lì gòng gōng yǒu gè ér zi jiào hòu tǔ duì nóng yè yě hěn
视，特别是水利。共工有个儿子叫后土，对农业也很
jīng tōng tā men wèi le fā zhǎn nóng yè shēng chǎn bǎ shuǐ lì de shì bàn hǎo
精通。他们为了发展农业生产，把水利的事办好，
yī qǐ kǎo chá le bù luò de tǔ dì qíng kuàng fā xiàn yǒu de dì fang dì shì tài
一起考察了部落的土地情况，发现有的地方地势太
gāo tián dì jiāo shuǐ hěn fèi lì yǒu de dì fang dì shì tài dī róng yì bèi yān
高，田地浇水很费力；有的地方地势太低，容易被淹。
yīn cǐ gòng gōng zhì dìng le yī gè jì huà bǎ gāo chù de tǔ yùn qù diàn gāo dī
因此共工制订了一个计划，把高处的土运去垫高低

地，认为洼地垫高可以扩大耕种面积，高地去平，利于水利灌溉，对发展农业生产大有好处。

可是，颛顼认为，自己的权威至高无上，只有他的号令才有用。于是，颛顼与共工氏之间发生了一场十分激烈的斗争。

共工相信自己的计划是正确的，不肯妥协。为了大家的利益，他决心牺牲自己，用生命去证明自己。他来到不周山，猛地一下向山撞去。顿时，一声震天巨响，不周山拦腰折断，整座山轰隆隆地崩塌下来。原来这不周山是天地之间的支柱，天柱折断了，天地之间就发生了巨变：大地向东南方向塌陷，天空向西北方向倾倒。从此，日月星辰每天都从东边升起，向西边降落；而大江大河的水就都奔腾向东，流入东边的大海里去了。

从此，人们奉共工为水神，他的儿子后土也被人们奉为土地神。

nǚ wā bǔ tiān
女娲补天

nǚ wā zào rén zhī hòu shì jiè shàng de rén biàn de yuè lái yuè duō shuǐshén
女娲造人之后，世界上的人变得越来越多。水神
gònggōng hé huǒshén zhù róng dǎ qǐ zhàng lái tā men cóng tiān shàng yī zhí dǎ dào
共工和火神祝融打起仗来，他们从天上一直打到
dì xià nào de dào chù dōu bù ān níng jié guǒ zhù róng dǎ shèng le bèi dǎ bài
地下，闹得到处都不安宁。结果祝融打胜了，被打败
de gònggōng hěn bù fú qì dà nù zhī xià yī tóu zhuàng xiàng le bù zhōu shān
的共工很不服气，大怒之下，一头撞向了不周山。
bù zhōushān yī xià zi bēng liè le zhī chēng tiān dì zhī jiān de dà zhù zi zhé duàn
不周山一下子崩裂了，支撑天地之间的大柱子折断
le tiān tā xià le bàn biān chū xiàn le yī gè dà kū long dì miàn yě chū xiàn yī
了，天塌下了半边，出现了一个大窟窿，地面也出现一
dào dào dà liè wén hóng shuǐ cóng dì dǐ xià pēn yǒng ér chū dào chù fàn làn shān
道道大裂纹，洪水从地底下喷涌而出，到处泛滥，山
lín lǐ shāo qǐ le xióng xióng dà huǒ hěn duō lóng shé è shòu yě chèn jī pǎo le chū
林里烧起了熊熊大火，很多龙蛇恶兽也趁机跑了出
lái rén lèi miàn lín zhe kōng qián de dà zāi nàn
来。人类面临着空前的大灾难。

nǚ wā yǎn zhēng zhēng de kàn zhe zì jǐ chuàng zào de rén lèi zāo shòu zhè yàng
女娲眼睁睁地看着自己创造的人类遭受这样
dà de zāi huò gǎn dào fēi cháng tòng kǔ jué xīn yī dìng yào bǎ tiān bǔ shàng tā
大的灾祸，感到非常痛苦，决心一定要把天补上。她

xuǎnyòng gè zhǒng gè yàng de wǔ sè shí zǐ jià qǐ huǒ bǎ tā men róng huà chéng
选用各种各样的五色石子，架起火把它们熔化成
jiāng yòng zhè zhǒng shí jiāng jiāng cán quē de tiān kū long tián hǎo tā yòu zhǎn xià yī
浆，用这种石浆将残缺的天窟窿填好；她又斩下一
zhī dà guī de sì zhī jiǎo dāng zuò sì gēn zhù zi bǎ dǎo tā de bàn biān tiān zhī qǐ
只大龟的四只脚，当作四根柱子，把倒塌的半边天支起
lái jiù zài zhè ge shí hou yī tiáo hēi lóng chèn zhe tāo tāo hóng shuǐ dào chù cán hài
来。就在这个时候，一条黑龙趁着滔滔洪水到处残害
rén mín nǚ wā bù gù xīn kǔ yǔ hēi lóng bó dòu le sān tiān sān yè zuì hòu
人民。女娲不顾辛苦，与黑龙搏斗了三天三夜，最后
zhōng yú shā sǐ le tā qí tā è shòu kàn dào hēi lóng de xià chǎng dōu duǒ le qǐ
终于杀死了它，其他恶兽看到黑龙的下场，都躲了起
lái zài yě bù gǎn chū lái hài rén le wèi le zuì zhōng dǔ zhù hóng shuǐ nǚ wā
来，再也不敢出来害人了。为了最终堵住洪水，女娲
xiǎng le hǎo duō zhǔ yi zuì hòu tā shōu jí dà liàng lú cǎo shāo chéng huī sāi
想了好多主意，最后，她收集大量芦草，烧成灰，塞
zhù le sì chù bēn yǒng de hóng liú
住了四处奔涌的洪流。

jīng guò nǚ wā bù cí xīn láo de nǔ lì cāng tiān bèi bǔ shàng le dà dì
经过女娲不辞辛劳的努力，苍天被补上了，大地
de liè fèng bèi tián shàng le hóng shuǐ bèi zhǐ zhù le lóng shé è shòu yě bù jiàn zōng
的裂缝被填上了，洪水被止住了，龙蛇恶兽也不见踪
yǐng rén mín yòu guò shàng le píng ān de shēng huó kě shì bù zhōu shān duàn le
影，人民又过上了平安的生活。可是，不周山断了
zhī hòu tiān jiù yǒu xiē xiàng xī běi qīng xié yīn cǐ tài yáng yuè liang hé zhòng xīng
之后，天就有些向西北倾斜，因此太阳、月亮和众星
chén dōu hěn zì rán de pǎo xiàng xī fāng ér dà dì xiàng dōng nán fāng xiàng qīng xié
辰都很自然地跑向西方；而大地向东南方向倾斜，
suǒ yǐ jiāng hé dōu wǎng nà lǐ liú qù huì chéng le dà hǎi
所以江河都往那里流去，汇成了大海。

shénnóng yán dì

神农炎帝

yán dì shénnóng shì xìng jiāng hào chēng liè shān shì shàng gǔ de shí
炎帝神农氏姓姜，号称“烈山氏”。上古的时
hou wǔ gǔ hé zá cǎo zhǎng zài yī qǐ yào cǎo hé bǎi huā zhǎng zài yī qǐ nǎ
候，五谷和杂草长在一起，药草和百花长在一起，哪
xiē liáng shi kě yǐ chī nǎ xiē cǎo yào kě yǐ zhì bìng shéi yě fēn bù qīng chǔ léi
些粮食可以吃，哪些草药可以治病，谁也分不清楚。雷
diàn fēng yǔ hóng shuǐ měng shòu wēn yì hé jí bìng shí kè wēi xié zhe rén lèi de
电风雨、洪水猛兽、瘟疫和疾病时刻威胁着人类的
shēng mìng rén men yào shì shēng bìng le dōu bù zhī dào gāi zěn me bàn lǎo bǎi
生命。人们要是生病了，都不知道该怎么办。老百
xìng de jí kǔ shénnóng shì qiáo zài yǎn lǐ téng zài xīn tóu zěn yàng cái néng wèi
姓的疾苦，神农氏瞧在眼里，疼在心头。怎样才能为
bǎi xìng zhì bìng ne
百姓治病呢？

shénnóng shì shì yī gè cōng míng shàn liáng qín láo yǒng gǎn de rén tā xià
神农氏是一个聪明善良、勤劳勇敢的人，他下
dìng jué xīn qù xún zhǎo kě yǐ wèi bǎi xìng zhì bìng de yào wù tā dǐng zhe liè rì
定决心去寻找可以为百姓治病的药物。他顶着烈日、
mào zhe kù shǔ zài shān yě zhī jiān cǎi jí gè zhǒng cǎo mù de huā shí gēn yè
冒着酷暑，在山野之间采集各种草木的花、实、根、叶，
xì xīn guān chá xíng zhuàng zǐ xì pǐn cháng wèi dào tǐ huì fú xià qù zhī hòu de
细心观察形状，仔细品尝味道，体会服下去之后的

感受。这些药物，有的酸，有的甜，有的苦，有的辣；吃下去以后，有的使人寒冷，有的令人燥热，有的清凉爽口，有的温润滋养；有的能止痛，有的能消肿，有的使人呕吐、腹泻，也有的让人精力倍增，有的甚至还具有强烈的毒性，服食之后，痛苦难当。即使是经常会遇到可怕的毒性草药，甚至威胁生命，神农氏依然抱着为民除病的信念，没有一刻耽搁地采摘、服食、品尝和记录。有一次，他把一棵草放到嘴里一尝，霎时天旋地转，一头栽倒。他明白自己中了毒，可是已经不会说话了，只好用最后一点力气，摸索到面前一棵红亮亮的灵芝草，把它吃到嘴里。神农吃了灵芝草，毒气解了，头不昏了，会说话了。从此，人们都说灵芝草能起死回生。终于有一天，神农掌握了几百种草药的性味和功用，让无数在病痛中挣扎的人恢复了健康。

神农氏还是我国原始农业的发明者。他教人们开垦土地，播种五谷。他被奉为三皇之一——“炎

dì shénnóngcháng bǎi cǎo rì yù qī shí dú kè huà de jiù shì shénnóng

帝”。“神农尝百草，日遇七十毒”，刻画的就是神农

shì bù gù gè rén ān wēi wèi bǎi xìngmóuxìng fú de guāng huī xíngxiàng

氏不顾个人安危，为百姓谋幸福的光辉形象。

jīng wèi tián hǎi

精卫填海

yán dì yào guǎn lǐ hěn duō shì qing bù jǐn guǎn tài yáng hái yào guǎn wǔ gǔ
炎帝要管理很多事情，不仅管太阳，还要管五谷
hé yào cái yán dì yǒu yī gè xiǎo nǚ ér míng jiào nǚ wá nǚ wá shì yán dì
和药材。炎帝有一个小女儿，名叫女娃。女娃是炎帝
zuì zhōng ài de nǚ ér yán dì bù zài jiā de shí hou nǚ wá biàn zì jǐ wán
最钟爱的女儿。炎帝不在家的时候，女娃便自己玩
shuǎ
耍。

zhè yī tiān nǚ wá dú zì jià xiǎo chuán xiàng dōng hǎi tài yáng shēng qǐ de dì
这一天，女娃独自驾小船向东海太阳升起的地
fang huá qù tū rán hǎi shàng qǐ le dà fēng bào xiàng shān yī yàng de hǎi làng
方划去。突然，海上起了大风暴，像山一样的海浪
bǎ xiǎo chuán dǎ fān le nǚ wá bèi dà hǎi tūn mò le yǒng yuǎn huí bù lái le
把小船打翻了，女娃被大海吞没了，永远回不来了。
yán dì hěn shāng xīn
炎帝很伤心。

nǚ wá sǐ hòu huà zuò le yī zhī xiǎo niǎo zhǎng zhe huā nǎo dài bái sè de
女娃死后化作了一只小鸟，长着花脑袋、白色的
zuǐ hé hóng hóng de jiǎo zhuǎ fā chū yī shēng shēng jīng wèi jīng wèi de bēi
嘴和红红的脚爪，发出一声声“精卫、精卫”的悲
míng suǒ yǐ rén men dōu jiào tā jīng wèi jīng wèi tòng hèn dà hǎi cán rěn de
鸣，所以，人们都叫她“精卫”。精卫痛恨大海残忍地

duó qù le zì jǐ niánqīng de shēngmìng yīn cǐ tā yī kè bù tíng de cóng xī shān
夺去了自己年轻的生命，因此，她一刻不停地从西山
xián lái xiǎo shí zǐ huò xiǎo shù zhī fēi xiàng dōng hǎi tā yī tàngtàng de bǎ shí
衔来小石子或小树枝，飞向东海。她一趟趟地把石
zǐ shù zhī tóu xià qù xiǎng bǎ hǎi tiánpíng
子、树枝投下去，想把海填平。

dà hǎi xiān qǐ dà làng páoxiāo zhe cháoxiào tā xiǎoniǎo suàn le ba
大海掀起大浪，咆哮着，嘲笑她：“小鸟，算了吧，
nǐ zì bù liàng lì jiù píng nǐ zěn néng bǎ wǒ tián píng jīng wèi jiān dìng de dá
你自不量力，就凭你怎能把我填平？”精卫坚定地答
dào nǐ duó qù le wǒ niánqīng de shēngmìng jiāng lái hái huì duó qù gèng duō nián
道：“你夺去了我年轻的生命，将来还会夺去更多年
qīng wú gū de shēngmìng nǎ pà shì gàn shàng yī qiānwànnián yī wànwànnián
轻无辜的生命。哪怕是干上一千万年，一万万年，
wǒ yī dìngyào bǎ nǐ tiánpíng zhǐ yào yǒng wú xiū zhǐ de gàn xià qù zǒngyǒu yī
我一定要把你填平！只要永无休止地干下去，总有一
tiān huì bǎ nǐ tiánchéngpíng dì
天会把你填成平地。”

jīng wèi fēi xiángzhe míngjiào zhe lí kāi dà hǎi yòu fēi huí xī shān qù xián
精卫飞翔着、鸣叫着，离开大海，又飞回西山去衔
shí zǐ hé shù zhī tā xián ya rēng ya chéngnián lěi yuè fēi lái fēi qù bù
石子和树枝。她衔呀，扔呀，成年累月，飞来飞去，不
zhī pí juàn jí shǐ hěn lèi le yě bù yuàn yì tíng xià lái rén men tóngqíng jīng
知疲倦。即使很累了也不愿意停下来。人们同情精
wèi qīn pèi jīng wèi bǎ tā jiào zuò yuān qín shì niǎo zhì niǎo dì nǚ
卫，钦佩精卫，把它叫做“冤禽”“誓鸟”“志鸟”“帝女
què rén menyòng jīng wèi tián hǎi lái bǐ yù bù wèi jiān nán fèn dòu bù xī
雀”。人们用“精卫填海”来比喻不畏艰难、奋斗不息
de jīngshén
的精神。

wū shānshén nǚ yáo jī
巫山神女瑶姬

yáo jī shì xī wáng mǔ dì èr shí sān gè nǚ ér tā xīn dì chún jié xiàng
瑶姬是西王母第二十三个女儿，她心地纯洁、相
màoměi lì xī wáng mǔ tè bié téng ài tā bǎ tā dāng zuò yī kē zhǎngshàng
貌美丽。西王母特别疼爱她，把她当作一颗掌上
míngzhū tā jīng guò fǎ shù de xùn liàn biàn dé hěn yǒu běn shì yǒu yī cì yáo
明珠。她经过法术的训练，变得很有本事。有一次，瑶
jī cóng wū shān jīng guò bèi wū shān měi lì de jǐng sè suǒ xī yǐn jiǔ jiǔ bù xiǎng
姬从巫山经过，被巫山美丽的景色所吸引，久久不想
lí qù zhè shí hou dà yǔ wèi le zhì lǐ hóng shuǐ yě lái dào wū shān tā
离去。这时候，大禹为了治理洪水，也来到巫山。他
zhī dào yáo jī yǒu hěn dà de běn shì jiù qǐng qiú tā lái bāng zhù zì jǐ zhì lǐ hóng
知道瑶姬有很大的本事，就请求她来帮助自己治理洪
shuǐ yáo jī hěn shuǎng kuài de dā ying le tā ná chū yī juàn zhì shuǐ de xiān shū
水。瑶姬很爽快地答应了。她拿出一卷治水的仙书
jiāo gěi dà yǔ yòu mìng lìng zì jǐ de shǒu xià qù pī kāi shān shí zhè yàng jiāng shuǐ
交给大禹，又命令自己的手下去劈开山石，这样江水
jiù shùnchàng de liú xiàng dà hǎi le
就顺畅地流向大海了。

dà yǔ nèi xīn fēi cháng gǎn jī jiù lái dào yáo jī tíng liú de yī zuò gāo shān
大禹内心非常感激，就来到瑶姬停留的一座高山
shàng gǎn xiè shén nǚ de bāng zhù kě shì shén nǚ yī huì er biàn chéng yī kuài shí
上感谢神女的帮助。可是，神女一会儿变成一块石

tou yī huì er téngkōng ér qǐ biànchéng le bái sè de yúnduǒ yī huì er huàzuò
头，一会儿腾空而起，变成了白色的云朵，一会儿化作
xī xī lì lì de xiǎo yǔ diǎn yī huì er huà zuò jiǎo jiàn de yóulóng yī huì er yòu
淅淅沥沥的小雨点，一会儿化作矫健的游龙，一会儿又
biànchéng fēi xiàng yuǎnfāng de bái hè yuán lái yáo jī shì wú suǒ bù néng de
变成飞向远方的白鹤。原来，瑶姬是无所不能的，
tā kě yǐ biànchéng rén kě yǐ biànchéng wù tā de shén lì shì hěn dà hěn dà
她可以变成人，可以变成物，她的神力是很大很大
de kě yǐ biànhuà wú qióng dà yǔ xīn zhōng gèng jiā qīn pèi shén nǚ le zài
的，可以变化无穷。大禹心中更加钦佩神女了。在
shén nǚ de tiān shū de zhǐ dǎo xià zài jiā shàng shén nǚ shǒu xià de bāng zhù kāi
神女的天书的指导下，再加上神女手下的帮助，开
tōngjiāng hé shū dǎo hóngshuǐ de rèn wù wánchéng de shùn lì duō le zuì hòu
通江河、疏导洪水的任务完成得顺利多了。最后，
hóngshuǐ bèi zhì fú le dà dì huī fù yī piànshēng jī hòu rén gǎn xiè dà yǔ zhì
洪水被制服了，大地恢复一片生机。后人感谢大禹治
shuǐ de gōng láo kě shì yě yào gǎn xiè zhè wèi biànhuà wú qióng de shén nǚ a
水的功劳，可是也要感谢这位变化无穷的神女啊。

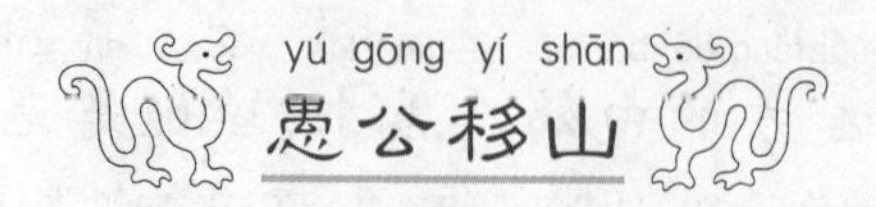

yú gōng yí shān
愚公移山

tài hángshān hé wáng wū shān fāngyuán qī bǎi lǐ gāo shù wàn chǐ liǎng
太行山和王屋山，方圆七百里，高数万尺。两
zuòshān běn lái zài jì zhōu de nánmiàn huánghé de běi miàn
座山本来在冀州的南面，黄河北面。

běi shān yǒu wèi yú gōng kuài jiǔ shí suì le tā jiā zhèng duì zhe zhè liǎng zuò
北山有位愚公，快九十岁了，他家正对着这两座
dà shān yú gōng jué de shān běi miàn dào lù zǔ sè chū qù jìn lái dōu yào rào
大山。愚公觉得山北面道路阻塞，出去进来都要绕
yuǎn lù yǒu yī tiān tā zhào jí quán jiā rén shāngliáng shuō wǒ xiǎng hé nǐ
远路。有一天，他召集全家人商量说："我想和你
men yī qǐ jìn lì wā píng liǎng zuò dà shān kāi chū yī tiáo lù zhí tōng jì zhōu de
们一起尽力挖平两座大山，开出一条路，直通冀州的
nán bù dào dá hàn shuǐ de nán miàn hǎo ma quán jiā dōu biǎo shì zàn tóng zhè
南部，到达汉水的南面，好吗？"全家都表示赞同。这
shí tā de qī zi tí chū yí wèn píng nín de lì qi kuí fù zhè yàng de xiǎo
时，他的妻子提出疑问："凭您的力气，魁父这样的小
shān bāo kǒng pà dōu nán bān diào yòu néng bǎ tài háng wáng wū zhè liǎng zuò dà shān
山包恐怕都难搬掉，又能把太行、王屋这两座大山
zěn me yàng ne ér qiě wā chū lái de shí tou hé ní tǔ yòu wǎng nǎ lǐ rēng
怎么样呢？而且，挖出来的石头和泥土又往哪里扔
ne dà jiā fēn fēn shuō kě yǐ bǎ tǔ shí rēng dào bó hǎi de biān shàng yǐn tǔ
呢？"大家纷纷说可以把土石扔到渤海的边上，隐土

de běi miàn yú shì yú gōng dài lǐng zǐ sūn zhōng néng tiāo dàn zi de sān gè rén
的北面。于是,愚公带领子孙中能挑担子的三个人,
záo shān shí wā tǔ kuài yòng běn jī yùn dào bó hǎi biān shàng yú gōng jiā bān
凿山石、挖土块,用畚箕运到渤海边上。愚公家搬
shān de shì jīng dòng le lín jū jīng chéng shì de guǎ fu yǒu gè gū ér gāng qī
山的事,惊动了邻居。京城氏的寡妇有个孤儿,刚七
bā suì yě bèng bèng tiào tiào de lái bāng máng hán lái shǔ wǎng jì jié jiāo huàn
八岁,也蹦蹦跳跳地来帮忙。寒来暑往,季节交换,
cái néng wǎng fǎn yī tàng
才能往返一趟。

hé qū zhì sǒu xiào zhe quàn zǔ yú gōng shuō nǐ tài bù cōng ming le píng
河曲智叟笑着劝阻愚公说:“你太不聪明了。凭
nǐ zài shì shàng zhè zuì hòu jǐ nián shèng xià zhè me diǎn lì qi hái bù néng huǐ
你在世上这最后几年,剩下这么点力气,还不能毁
diào shān shàng yī gēn cǎo yòu néng bǎ ní tǔ hé shí tou zěn me yàng yú gōng
掉山上一根草,又能把泥土和石头怎么样?”愚公
cháng tàn yī shēng shuō nǐ sī xiǎng wán gù dào le bù tōng shì lǐ de dì bù
长叹一声说:“你思想顽固,到了不通事理的地步,
hái bù rú guǎ fu hé ruò xiǎo de hái zi jí shǐ wǒ sǐ le hái yǒu ér zi zài
还不如寡妇和弱小的孩子。即使我死了,还有儿子在
ya ér zi yòu shēng sūn zi sūn zi yòu shēng ér zi ér zi yòu yǒu ér zi ér
呀;儿子又生孙子,孙子又生儿子;儿子又有儿子,儿
zi yòu yǒu sūn zi zǐ zǐ sūn sūn méi yǒu qióng jìn a kě shì shān bù huì zēng gāo
子又有孙子;子子孙孙没有穷尽啊。可是山不会增高
jiā dà wèi shén me chóu wā bù píng hé qū zhì sǒu wú yán yǐ duì
加大,为什么愁挖不平?”河曲智叟无言以对。

shān shén tīng shuō cǐ shì pà yú gōng bù tíng de wā xià qù jiù bǐng bào le
山神听说此事,怕愚公不停地挖下去,就禀报了
tiān dì tiān dì bèi yú gōng de chéng xīn gǎn dòng mìng lìng dà lì shén kuā é shì
天帝。天帝被愚公的诚心感动,命令大力神夸娥氏
de liǎng gè ér zi bēi zǒu le liǎng zuò dà shān yī zuò fàng zài shuò fāng de dōng bù
的两个儿子背走了两座大山,一座放在朔方的东部,
yī zuò fàng zài yōng zhōu de nán miàn cóng cǐ jì zhōu de nán bù zhí dào hàn shuǐ
一座放在雍州的南面。从此,冀州的南部直到汉水

de nánbiān zài méiyǒu gāoshān zǔ gé le hòu shì de rén men yě bù duàn de zàn
的南边再没有高山阻隔了。后世的人们也不断地赞
sòng yú gōng nà bù wèi jiānnánxiǎn zǔ de jīngshén
颂愚公那不畏艰难险阻的精神。

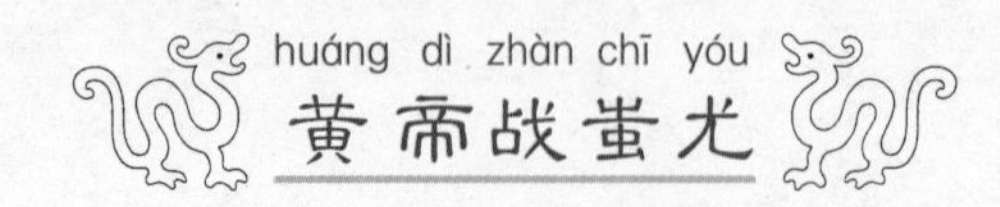

huáng dì zhàn chī yóu

黄帝战蚩尤

chī yóu shì nán fāng yī gè bù luò de shǒu lǐng nà ge bù luò de rén shēn tǐ
蚩尤是南方一个部落的首领，那个部落的人身体
xiàng yě shòu yǒu sì zhī yǎn jing yá chǐ hěn cháng bìng qiě hěn yìng néng gòu bǎ shā
像野兽，有四只眼睛，牙齿很长并且很硬，能够把沙
zi shí tou dāng fàn chī
子、石头当饭吃。

chī yóu shì yán dì de sūn zi tā shēng xìng cán bào yǒu bā shí yī gè xiōng
蚩尤是炎帝的孙子。他生性残暴，有八十一个兄
dì dōu shì néng shuō rén huà de yě shòu yī gè gè tóng tóu tiě é kě yǐ chī xià
弟，都是能说人话的野兽，一个个铜头铁额，可以吃下
shí tou tiě kuài yán dì zhàn bài hòu chī yóu lián hé le fēng bó yǔ shī děng shén
石头铁块。炎帝战败后，蚩尤联合了风伯、雨师等神，
xiàng huáng dì fā chū tiāo zhàn
向黄帝发出挑战。

huáng dì yī zhí xiǎng quàn chī yóu xiū zhàn kě chī yóu bù tīng quàn gào yú
黄帝一直想劝蚩尤休战，可蚩尤不听劝告。于
shì huáng dì xiān pài dà jiāng yīng lóng chū zhàn yīng lóng fēi shàng tiān kōng jū gāo
是，黄帝先派大将应龙出战。应龙飞上天空，居高
lín xià de xiàng chī yóu zhèn zhōng pēn shuǐ chà nà jiān dà shuǐ gǔn gǔn xiàng chī yóu
临下地向蚩尤阵中喷水。刹那间，大水滚滚向蚩尤
chōng qù chī yóu lián máng pài fēng bó yǔ shī shàng zhèn fēng bó guā qǐ zhèn zhèn
冲去。蚩尤连忙派风伯雨师上阵。风伯刮起阵阵

kuángfēng yǔ shī bǎ yìnglóngpēn de shuǐshōu jí qǐ lái jiē zhe liǎng rén yòu shī chū
狂风,雨师把应龙喷的水收集起来,接着两人又施出
shénwēi jiāngkuáng fēng bào yǔ dǎ xiàng huáng dì zhèn zhōng yīng lóng zhǐ huì pēn
神威,将狂风暴雨打向黄帝阵中。应龙只会喷
shuǐ bù huì shōushuǐ jié guǒ zhè yī zhànhuáng dì dà bài ér guī
水,不会收水,结果,这一战黄帝大败而归。

hòu lái huáng dì hé chī yóu yī gòng dǎ le qī shí yī zhàng huáng dì shèng
后来,黄帝和蚩尤一共打了七十一仗,黄帝胜
shǎo bài duō zhè yī tiān huáng dì zhèng zài xiǎng zěn yàng dǎ bài chī yóu bù zhī
少败多。这一天,黄帝正在想怎样打败蚩尤,不知
bù jué shuìzháo le mèngjiàn jiǔ tiānxuán nǚ jiāo gěi tā yī bù bīngshū bìngzhǔ fù
不觉睡着了,梦见九天玄女交给他一部兵书,并嘱咐
tā shú jì bīng fú huáng dì xǐnghòu fā xiànshǒuzhōngguǒzhēnyǒu yī běn yáng
他熟记兵符。黄帝醒后,发现手中果真有一本《阳
fú jīng huáng dì zǐ xì zhuó mó bīngshū yī xià zi huǎngrán dà wù fā míng
符经》。黄帝仔细琢磨兵书,一下子恍然大悟,发明
chū le xīn de zhèn shì huáng dì yǎn liàn shú xī chóng xīn yú chī yóu jué zhàn
出了新的阵式。黄帝演练熟悉,重新与蚩尤决战。

dōng hǎi liú bō shānshàng zhù zhe yī zhī jiào kuí de shòu tā hǒu jiào de
东海流波山上住着一只叫“夔”的兽,它吼叫的
shēng yīn xiàng dǎ léi yī yàng huáng dì pài rén bǎ kuí zhuō lái bǎ tā de pí bō
声音像打雷一样。黄帝派人把夔捉来,把它的皮剥
xià lái zuò gǔ miàn yòu pài rén jiāng léi zé zhōng de léi shòuzhuō lái cóng tā shēn
下来做鼓面;又派人将雷泽中的雷兽捉来,从它身
shàngchōuchū yī gēn zuì dà de gú tou dāng gǔ chuí hái mìng rén yòng niú pí zuò le
上抽出一根最大的骨头当鼓槌;还命人用牛皮做了
bā shí miàn gǔ huáng dì hái tè yì zhào lái hàn bá zhù zhàn hàn bá shì hàn
八十面鼓。黄帝还特意召来旱魃助战。旱魃是旱
shén zhuānshōuyún xī yǔ
神,专收云息雨。

huáng dì fā qǐ le duì chī yóu de jué zhàn liǎng jūn duì zhèn huáng dì xià
黄帝发起了对蚩尤的决战。两军对阵,黄帝下
lìng léi qǐ zhàn gǔ nà bā shí miàn niú pí gǔ hé kuí pí gǔ yī xiǎng shēng yīn
令擂起战鼓,那八十面牛皮鼓和夔皮鼓一响,声音

zhèntiāndòng dì huáng dì de bīngtīng dào gǔ shēngyǒng qì dà zēng chī yóu de
震天动地。黄帝的兵听到鼓声勇气大增，蚩尤的
bīngtīng jiàn gǔ shēng shī hún luò pò liǎng jūn shā zài yī qǐ zhí shā de shānbēng
兵听见鼓声失魂落魄。两军杀在一起，直杀得山崩
dì liè nán jiě nán fēn
地裂，难解难分。

jiù zài zhè shí yīng lóng zhāng kāi jù kǒu tāo tiān jù làng pēn shè ér chū
就在这时，应龙张开巨口，滔天巨浪喷射而出。
chī yóu yě jí lìng fēng bó yǔ shī xiān qǐ kuángfēngbào yǔ zhǐ jiàn dì miànshàngdào
蚩尤也急令风伯雨师掀起狂风暴雨，只见地面上到
chù bō làngtāo tiān zhè shí hàn bá shàngzhèn le cóng tā shēnshàngfàngshè chū
处波浪滔天。这时，旱魃上阵了，从她身上放射出
gǔngǔn rè làng tā dào nǎ lǐ fēng yǔ mǎshàng jiù tíng zhù le liè rì dāng tóu
滚滚热浪，她到哪里，风雨马上就停住了，烈日当头。
fēng bó hé yǔ shī zhǐ dé bài xià zhèn lái chī yóu jūn duì dà bài ér táo
风伯和雨师只得败下阵来。蚩尤军队大败而逃。

chī yóu hěn shì lì hai huáng dì zěn me yě zhuō bù zhù tā zhuīdào jì zhōu
蚩尤很是厉害，黄帝怎么也捉不住他。追到冀州
zhōng bù shí huáng dì mìng rén bǎ kuí pí gǔ shǐ jìn lián léi jiǔ xià chī yóu dùn shí
中部时，黄帝命人把夔皮鼓使劲连擂九下，蚩尤顿时
hún fēi pò sàn liǎng tuǐ fā ruǎn bèi huáng dì zhuōzhù le huáng dì mìng rén gěi
魂飞魄散，两腿发软，被黄帝捉住了。黄帝命人给
chī yóu dàishàng jiā kào shā sǐ le tā huáng dì hài pà tā sǐ hòu hái zuò guài
蚩尤戴上枷铐，杀死了他。黄帝害怕他死后还作怪，
bǎ tā de tóu lú hé shēn tǐ mái zài le liǎng gè dì fang
把他的头颅和身体埋在了两个地方。

huáng dì dǎ bài chī yóu hòu bèi fèng wéi xuānyuán huáng dì huáng dì dài
黄帝打败蚩尤后，被奉为轩辕黄帝。黄帝带
lǐng bǎi xìng kāi kěn nóng tián dìng jū zhōngyuán diàndìng le wǒ men huá xià mín zú
领百姓，开垦农田，定居中原，奠定了我们华夏民族
de gēn jī
的根基。

fēng hòu fā míng zhǐ nán chē
风后发明指南车

wǒ guó gǔ dài de sì dà fā míng duì zhěng gè rén lèi yǒu zhe fēi cháng zhòng yào de gòng xiàn tè bié shì zhǐ nán zhēn zhì jīn hái shì shì jiè háng hǎi shàng yùn yòng de zuì guǎng fàn de yí qì zhī yī nà me zuì yuán shǐ de zhǐ nán zhēn zhǐ nán chē shì shéi dì yī gè fā míng de ne zhè hái děi cóng wǔ qiān nián qián huáng dì dà zhàn chī yóu de shí hou shuō qǐ

我国古代的“四大发明”对整个人类有着非常重要的贡献。特别是指南针,至今还是世界航海上运用得最广泛的仪器之一。那么,最原始的指南针——指南车是谁第一个发明的呢?这还得从五千年前黄帝大战蚩尤的时候说起。

chuán shuō huáng dì hé chī yóu zuò zhàn sān nián nán fēn shèng fù yǒu yī cì chī yóu yǎn kàn jiù yào shī bài le qǐng lái fēng bó yǔ shī hū fēng huàn yǔ gěi huáng dì jūn duì de jìn gōng zào chéng kùn nán huáng dì yě jí máng qǐng lái tiān shàng yī wèi míng jiào hàn bá de nǚ shén shī zhǎn fǎ shù zhì zhǐ le fēng yǔ zhè shí chī yóu yòu fàng chū dà wù shǐ huáng dì de jūn duì fēn bù qīng dōng nán xī běi huáng dì shí fēn zháo jí zhǐ hǎo mìng lìng jūn duì yuán dì bù dòng bìng mǎ

传说黄帝和蚩尤作战三年,难分胜负。有一次,蚩尤眼看就要失败了,请来风伯雨师,呼风唤雨,给黄帝军队的进攻造成困难。黄帝也急忙请来天上一位名叫旱魃的女神,施展法术,制止了风雨。这时,蚩尤又放出大雾,使黄帝的军队分不清东南西北。黄帝十分着急,只好命令军队原地不动,并马

shàngzhào jí dà chénmenshāng tǎo duì cè yīnglóng chángxiān dà hóng lì mù
上召集大臣们商讨对策。应龙、常先、大鸿、力牧
děng dà chéndōu dào qí le wéi dú bù jiàn fēnghòu huáng dì lì jí pài rén sì
等大臣都到齐了,唯独不见风后。黄帝立即派人四
xià xún zhǎo kě shì zhǎo le hěn cháng shí jiān réng bù jiàn fēng hòu de zōng yǐng
下寻找,可是找了很长时间,仍不见风后的踪影。
huáng dì qīn zì lái dào zhànchǎng zhǐ jiàn fēnghòu dú zì yī rén zài zhàn chē shàng
黄帝亲自来到战场,只见风后独自一人在战车上
shuìjiào huáng dì zhèngyào fā huǒ fēng hòu què yòngshǒu zhǐ xiàng tiān kōng shuō
睡觉。黄帝正要发火,风后却用手指向天空,说
dào wèishén me tiānshàng de běi dǒuxīng tā de bǐng bù zhuàn zǒng shì néng zhǐ
道:“为什么天上的北斗星,它的柄不转,总是能指
chūfāngxiàng chéntīng rén shuōguò bó gāo zài cǎi shí liàn tóng de guòchéngzhōng
出方向?臣听人说过,伯高在采石炼铜的过程中,
fā xiànguò yī zhǒng cí shí néngjiāng tiě xī zhù wǒ men yě kě yǐ zhì zào yī
发现过一种磁石,能将铁吸住。我们也可以制造一
zhǒng huì zhǐ fāngxiàng de dōng xi nà jiù zài yě bù pà mí shī fāngxiàng le
种会指方向的东西,那就再也不怕迷失方向了。”
huáng dì tīng le zhuǎn nù wéi xǐ rán hòu fēng hòu zǐ xì sī kǎo jīng xīn shè
黄帝听了转怒为喜。然后,风后仔细思考、精心设
jì dà jiā yī qǐ dòngshǒu zhì zuò jīng guò jǐ tiān jǐ yè fèn zhàn zhōng yú zào
计,大家一起动手制作,经过几天几夜奋战,终于造
chū le yī gè néng zhǐ yǐn fāngxiàng de yí qì fēnghòu bǎ tā ān zhuāng zài yī
出了一个能指引方向的仪器。风后把它安装在一
liàngzhànchēshàng chēshàng ān zhuāng le yī gè jiǎ rén shēnshǒu zhǐ zhe nánfāng
辆战车上,车上安装了一个假人,伸手指着南方。
huáng dì de jūn duì zài yě bù pà dà wù le zuì hòuzhōng yú zhànshèng le chī yóu
黄帝的军队再也不怕大雾了,最后终于战胜了蚩尤。

wèi le bù wàngfēnghòu de gōng jì zài tā sǐ hòu huáng dì qīn zì wèi tā
为了不忘风后的功绩,在他死后,黄帝亲自为他
xuǎn le yī kuàifén dì bǎ tā máizàng zài huáng hé yǐ běi de zhàocūn hòu shì rén
选了一块坟地,把他埋葬在黄河以北的赵村。后世人
yòu bǎ zhàocūn gǎi míngwéi fēnghòu líng yì si shì zhè lǐ shì fēnghòu de líng mù
又把赵村改名为“风后陵”,意思是这里是风后的陵墓。

bù gān shī bài de xíng tiān

不甘失败的刑天

yán dì bù luò hé huáng dì bù luò zhī jiān fā shēng le yī chǎng zhàn zhēng
炎帝部落和黄帝部落之间发生了一场战争，
zuì hòu yán dì bèi dǎ bài le yán dì yǒu gè tè bié zhōng shí de shǒu xià shì wèi
最后炎帝被打败了。炎帝有个特别忠实的手下，是位
shēn cái gāo dà de jù rén jù rén méi yǒu míng zi tā duō cái duō yì wèi yán
身材高大的巨人。巨人没有名字，他多才多艺，为炎
dì zuò guò hěn duō qū zi tā gèng shì yī míng shàn zhàn de yǒng shì hòu lái chī
帝作过很多曲子，他更是一名善战的勇士。后来，蚩
yóu qǐ bīng bèi huáng dì shā sǐ le jù rén zài yě rěn bù zhù le xiǎng qù yǔ
尤起兵，被黄帝杀死了，巨人再也忍不住了，想去与
huáng dì jué zhàn
黄帝决战。

jù rén yī shǒu wò zhe fēng lì de fǔ zi lìng yī zhī shǒu chí zhe dùn pái
巨人一手握着锋利的斧子，另一只手持着盾牌，
yī lù shàng zhàn shèng le hěn duō shén jiàng zuì hòu lái dào huáng dì de gōng mén
一路上战胜了很多神将，最后来到黄帝的宫门
qián jù rén lūn qǐ bǎn fǔ huáng dì huī wǔ bǎo jiàn nǐ lái wǒ wǎng shā de
前。巨人抡起板斧，黄帝挥舞宝剑，你来我往，杀得
tiān hūn dì àn tā men cóng tiān shàng dǎ dào dì xià yòu cóng rén jiān dǎ dào tiān
天昏地暗。他们从天上打到地下，又从人间打到天
tíng dāng dǎ dào yán dì de chū shēng dì cháng yáng shān shí huáng dì tū rán chèn
庭，当打到炎帝的出生地常羊山时，黄帝突然趁

jù rén bù zhù yì yī jiàn kǎn dào tā de bó zi shàng zhǐ tīng kā de yī
巨人不注意，一剑砍到他的脖子上，只听“咔”的一

shēng jù rén de tóu bèi kǎn diào le jù rén jí máng dūn xià shēn zi zài dì shàng
声，巨人的头被砍掉了。巨人急忙蹲下身子在地上

xún zhǎo zì jǐ de tóu lú dāng tā de shǒu huá guò shān fēng shān fēng fēn fēn bēng
寻找自己的头颅。当他的手划过山峰，山峰纷纷崩

liè pèng dào shù mù shù mù yī yī zhé duàn dùn shí tiān dì jiān fēi shā zǒu shí
裂，碰到树木，树木一一折断，顿时，天地间飞沙走石。

huáng dì hài pà jù rén ān shàng tóu lú jǔ qǐ bǎo jiàn yòng lì xiàng cháng yáng
黄帝害怕巨人安上头颅，举起宝剑，用力向常羊

shān yī pī suí zhe yī zhèn hōng lóng lóng de jù xiǎng dà shān bèi fēn chéng le liǎng
山一劈，随着一阵轰隆隆的巨响，大山被分成了两

bàn jù rén de tóu lú gǔn le jìn qù dà shān lì jí yòu hé shàng le jù rén
半，巨人的头颅滚了进去，大山立即又合上了。巨人

zhǎo bù dào zì jǐ de tóu lú fēi cháng fèn nù tū rán tā zhàn le qǐ lái
找不到自己的头颅，非常愤怒。突然，他站了起来，

yòng liǎng gè rǔ tóu dāng yǎn jing bǎ dù qí dāng zuǐ ba jì xù dà shēng hǒu jiào
用两个乳头当眼睛，把肚脐当嘴巴，继续大声吼叫，

shǒu lǐ hái bù tíng de huī wǔ zhe bǎn fǔ hé dùn pái
手里还不停地挥舞着板斧和盾牌。

xíng tiān jiù shì duàn tóu de yì si jù rén suī rán shī bài le dàn
“刑天”就是“断头”的意思，巨人虽然失败了，但

tā de yīng xióng qì gài yī zhí bèi rén men chēng sòng dōng jìn shī rén táo yuān míng
他的英雄气概一直被人们称颂，东晋诗人陶渊明

xiě xià le xíng tiān wǔ gān qī měng zhì gù cháng zài de shī jù lái zàn měi xíng
写下了“刑天舞干戚，猛志固常在”的诗句，来赞美刑

tiān bù gān shī bài wán qiáng bù qū de jīng shén
天不甘失败、顽强不屈的精神。

教民养蚕的嫘祖

嫘祖是西陵氏的女儿,她嫁给了黄帝。黄帝打败蚩尤之后,就开始领导他的臣民们耕种田地、制造工具。黄帝的公务非常繁忙,种地、畜牧、冶炼等等都归他掌管,制作衣服、帽子之类的事情就交给妻子嫘祖来管理。

制作衣服和帽子这些事也很繁重,嫘祖不知不觉累得病倒了。她不想吃饭,就这样一天天消瘦下去了。她的几个孩子守在周围,心里非常着急。他们想尽一切办法给嫘祖做好吃的,可是,平时那些香喷喷的食物好像变得没有味道了,嫘祖怎么也吃不下去。孩子们决定进山为嫘祖寻找可以吃得下的食物。山

lǐ hěn dà hěn dà yǒu hěn duō guǒ shù kě shì nà xiē shù shàng de guǒ zi bù shì
里很大很大，有很多果树，可是，那些树上的果子不是
hěn suān jiù shì hěn kǔ fēi cháng nán chī jiù zài tā men gǎn dào shī wàng de shí
很酸就是很苦，非常难吃。就在他们感到失望的时
hou tū rán kàn dào sāng shù shàng jié zhe yī zhǒng bái sè de guǒ zi tā men zhāi
候，突然看到桑树上结着一种白色的果子。他们摘
xià lái yī cháng yǎo bù dòng yě méi yǒu wèi dào yī gè jiào gǒng gǔ de rén jiàn
下来一尝，咬不动也没有味道。一个叫拱鼓的人建
yì bǎ tā fàng zài guō lǐ zhǔ làn kě shì guǒ zi zài fèi shuǐ lǐ fān lái fù qù
议把它放在锅里煮烂。可是，果子在沸水里翻来覆去
hái shì zhǔ bù làn yī gè nǚ zǐ yòng mù bàng zài guō lǐ jiǎo lái jiǎo qù tū
还是煮不烂。一个女子用木棒在锅里搅来搅去，突
rán tā fā xiàn mù bàng chán shàng le hěn duō bái sè de xì sī tā jué de hěn qí
然，她发现木棒缠上了很多白色的细丝，她觉得很奇
guài jiù ná qù gěi léi zǔ kàn léi zǔ zǐ xì de kàn le yòu kàn yòu wèn qīng chǔ
怪，就拿去给嫘祖看。嫘祖仔细地看了又看，又问清楚
le shì qing de jīng guò xīn xiǎng zhè xiē sī yòu xì ruǎn yòu jiē shi zhèng shì zuò
了事情的经过，心想，这些丝又细软又结实，正是做
yī fu de hǎo cái liào a xiǎng dào zhè lǐ tā bù yóu de gāo xìng le qǐ lái
衣服的好材料啊。想到这里，她不由得高兴了起来。

zhī hòu léi zǔ měi tiān dōu xiǎng zhe zhè jiàn shì jīng shén jiàn jiàn hǎo le qǐ
之后，嫘祖每天都想着这件事，精神渐渐好了起
lái bìng yù zhī hòu léi zǔ ràng nà jǐ gè nǚ zǐ dài tā jìn shān tā zǐ xì
来。病愈之后，嫘祖让那几个女子带她进山，她仔细
guān chá zhōng yú fā xiàn zhè xiē bái sè de guǒ zi shì yī zhǒng chóng zi zuǐ lǐ tǔ
观察，终于发现这些白色的果子是一种虫子嘴里吐
chū lái de sī chán rào ér chéng de tā kāi shǐ yǎng zhè xiē chóng zi shì zhe yòng
出来的丝缠绕而成的。她开始养这些虫子，试着用
xiǎo chóng tǔ chū de sī lái zhī bù zài léi zǔ de dài lǐng xià rén men dōu kāi shǐ
小虫吐出的丝来织布。在嫘祖的带领下，人们都开始
yǎng cán zhī bù le rén men hěn zūn jìng zuì zǎo fā xiàn cán de léi zǔ nán fāng de
养蚕织布了。人们很尊敬最早发现蚕的嫘祖，南方的
rén dào xiàn zài hái zūn chēng léi zǔ wéi cán huā niáng niang ne
人到现在还尊称嫘祖为“蚕花娘娘”呢。

cāng jié chuàng zào wén zì

仓颉创造文字

yuǎn gǔ de shí hou méi yǒu wén zì rén men kào zài shéng zi shàng dǎ jié lái

远古的时候没有文字，人们靠在绳子上打结来

jì shì jiàn jiàn de jié yuè dǎ yuè duō rén men fǎn ér wàng le jì de shì niú

记事。渐渐的，结越打越多，人们反而忘了记的是牛

hái shì yáng le gèng bù zhī dào shí jiān jiǔ le de jié dài biǎo shén me shì qing le

还是羊了，更不知道时间久了的结代表什么事情了。

cāng jié shì huáng dì de shǐ guān hěn ài dòng nǎo jīn yòu shàn yú guān chá tā zuì

仓颉是黄帝的史官，很爱动脑筋，又善于观察，他最

zhōng chuàng zào chū le wén zì kě shì chuàng zào wén zì de guò chéng què bù shì

终创造出了文字。可是，创造文字的过程却不是

nà me jiǎn dān de

那么简单的。

yǒu yī nián dōng tiān dào le yè lǐ xià le yī chǎng dà xuě cāng jié yī zǎo

有一年冬天到了，夜里下了一场大雪，仓颉一早

qǐ lái qù dǎ liè mǎn shān biàn yě bái xuě ái ái cāng jié dào chù zhuàn you

起来去打猎。满山遍野白雪皑皑，仓颉到处转悠。

cāng jié fā xiàn jǐ wèi lǎo liè rén néng gēn jù jiǎo yìn pàn duàn shén me yě shòu cóng xuě

仓颉发现几位老猎人能根据脚印判断什么野兽从雪

dì shàng pǎo guò tā yě kāi shǐ liú xīn dòng wù de jiǎo yìn le tū rán liǎng zhī

地上跑过，他也开始留心动物的脚印了。突然，两只

xiǎo lù cuàn chū shù lín xuě dì shàng liú xià le xiǎo lù de tí yìn cāng jié xiǎng

小鹿窜出树林，雪地上留下了小鹿的蹄印。仓颉想：

gè zhǒng dòng wù de jiǎo yìn dōu bù yī yàng zhuā zhù shì wù de tè zhēng bù jiù
各种动物的脚印都不一样，抓住事物的特征，不就
néng zào zì le ma huáng dì zhī dào le fēi cháng gāo xìng mìng lìng cāng jié wèi
能造字了吗？黄帝知道了，非常高兴，命令仓颉为
dà jiā chuàng zào wén zì cóng zhè yǐ hòu cāng jié měi tiān dōu xì xīn guān chá shēn
大家创造文字。从这以后，仓颉每天都细心观察身
biān de gè zhǒng shì wù zhào zhe tài yáng huà chū le rì zì zhào zhe yuè yá huà
边的各种事物，照着太阳画出了“日”字，照着月牙画
chū yuè zì hòu lái yòu zào chū le rén xīng niú yáng mǎ
出“月”字，后来，又造出了“人”“星”“牛”“羊”“马”
jī zhǎo děng zì kě shì wén zì yuè zào yuè duō wǎng nǎ lǐ xiě ne
“鸡”“爪”等字。可是文字越造越多，往哪里写呢？
yī tiān yǒu gè rén zài hé biān zhuō zhù yī zhī dà guī qǐng cāng jié lái zào zì
一天，有个人在河边捉住一只大龟，请仓颉来造字。
cāng jié xiǎng le yī huì er zhào guī de yàng zi zào le gè guī zì kè zài guī
仓颉想了一会儿，照龟的样子，造了个“龟”字刻在龟
bēi shàng de fāng gé zi lǐ jǐ nián yǐ hòu guī bēi shàng de zì jì hái shì fēi
背上的方格子里。几年以后，龟背上的字迹还是非
cháng qīng chu
常清楚。

cóng cǐ yǐ hòu cāng jié jiù mìng rén zhuō dào guī bǎ guī ké dōu qǔ xià lái
从此以后，仓颉就命人捉到龟把龟壳都取下来，
tā bǎ zì jǐ zào chū de suǒ yǒu xiàng xíng zì dōu kè zài guī ké de fāng gé zi lǐ
他把自己造出的所有象形字都刻在龟壳的方格子里，
rán hòu yòng shéng zi chuàn qǐ lái xiàn gěi huáng dì huáng dì kàn le hěn gāo
然后用绳子串起来，献给黄帝。黄帝看了很高
xìng jiǎng shǎng le cāng jié bìng jiào dà jiā dōu lái xué xí cāng jié zào de zì
兴，奖赏了仓颉，并叫大家都来学习仓颉造的字。

huáng dì de yīn yuè
黄帝的音乐

huáng dì shǒu xià yǒu yī wèi dà chén míng jiào líng lún líng lún hěn cōng
黄帝手下有一位大臣，名叫伶伦。伶伦很聪
míng tā shàn yú tīng gè zhǒng shēng yīn tā fā xiàn fēng chuī guò shí nà xiē kōng
明，他擅于听各种声音。他发现风吹过时那些空
kōng de zhú zi jiù huì fā chū bù tóng de shēng yīn ná qǐ lái yòng zuǐ chuī nà xiē
空的竹子就会发出不同的声音，拿起来用嘴吹那些
duǎn zhú zi yě huì fā chū shēng yīn yǒu yī tiān tā cóng xī gǔ jiān kǎn xià yī
短竹子也会发出声音。有一天，他从溪谷间砍下一
xiē zhú zi cóng zhōng tiāo xuǎn chū nà xiē zhí zhí de hòu báo jūn yún de zhú zi qiē
些竹子，从中挑选出那些直直的、厚薄均匀的竹子，切
chéng shí èr duàn cháng duǎn bù tóng de zhú guǎn líng lún yī biān xuē a mó a yī
成十二段长短不同的竹管。伶伦一边削啊磨啊一
biān shì zuì zhōng yòng zhè xiē zhú guǎn chuī chū le shí èr zhǒng bù tóng lǜ diào de yuè
边试，最终用这些竹管吹出了十二种不同律调的乐
shēng zhú guǎn fā chū le hǎo tīng de yuè shēng yǐn de fèng huáng yě míng jiào qǐ
声。竹管发出了好听的乐声，引得凤凰也鸣叫起
lái xióng fèng huáng jiào le liù shēng cí fèng huáng yě jiào le liù shēng zhú guǎn
来，雄凤凰叫了六声，雌凤凰也叫了六声，竹管
yīn yuè shēng de gāo dī yǔ fèng huáng de míng jiào shēng fēi cháng hé pāi zhè yàng yī
音乐声的高低与凤凰的鸣叫声非常合拍，这样一
lái yīn yuè dàn shēng le
来，音乐诞生了。

黄帝十分喜欢音乐，只要举行重大的活动，都会让手下的乐师们演奏乐曲。这些乐曲都是乐师们精心制作的作品，有的优美，有的激昂，有的又有些悲壮。一些作品还一直流传到了春秋时期呢。有一次，晋平公大摆宴席招待来访的卫灵公，卫灵公的乐师奏了一首乐曲——《清商》，大家听了都很感动。晋平公就问自己手下的琴师师旷，有没有比《清商》更感人的乐曲，师旷就演奏了一首《清徵》。音乐响起的时候，十六只黑鹤从南边的天空飞来，在城楼上一字排开，伸长颈子，张开翅膀，和着节奏翩翩起舞。宴会上的宾客都很高兴，晋平公更加开心，又问师旷："还有更感人的乐曲吗？"师旷说："《清角》比起《清徵》更加悲哀。"晋平公让师旷立即演奏给他听，师旷答道："《清角》是黄帝在西泰山会合天下鬼神的乐曲，平常不能轻易演奏。"晋平公不听劝，执意要听，师旷只得拿起琴来。刚发出第一个音，云开始出现在西北方，渐渐在天空堆积起来；随着

yuè qǔ shēng tiān kōng zhōng kuáng fēng zhòu qǐ xià qǐ qīng pén dà yǔ kuáng fēng
乐曲声，天空中狂风骤起，下起倾盆大雨。狂风
luàn juǎn chuī luò le wū dǐng de wǎ sī suì le wū zhōng de wéi mù yàn xí shàng
乱卷，吹落了屋顶的瓦，撕碎了屋中的帷幕，宴席上
de bēi wǎn pán dié yě dōu bèi chuī de luò xià dì lái shuāi de fěn suì bīn kè men
的杯碗盘碟也都被吹得落下地来摔得粉碎。宾客们
xià de miàn rú tǔ sè sì sàn táo kāi hòu lái jìn guó jiē lián zāo shòu le sān
吓得面如土色，四散逃开。后来，晋国接连遭受了三
nián dà hàn jìn píng gōng yě shēng le yī chǎng dà bìng
年大旱，晋平公也生了一场大病。

yuán lái zhè jiù shì huáng dì shí hou liú chuán xià lái de tiān yuè de yī
原来，这就是黄帝时候流传下来的天乐的一
zhǒng yī bān de rén bù néng tīng gèng bù yào shuō nà xiē dé xíng bù gòu gāo de rén
种，一般的人不能听，更不要说那些德行不够高的人
le
了。

niàng jiǔ de shǐ zǔ dù kāng

酿酒的始祖杜康

dù kāng shì huáng dì shǒu xià de yī wèi dà chén zhuān mén fù zé liáng shi
杜康是黄帝手下的一位大臣，专门负责粮食
shēngchǎn shénnóng shì biàn rèn le wǔ gǔ zhī hòu rén men kāi shǐ gēng dì zhòng
生产。神农氏辨认了五谷之后，人们开始耕地种
liáng shi le liáng shi yuè dǎ yuè duō dà jiā dōu bù zhī dào zěn me bǎo guǎn dù
粮食了。粮食越打越多，大家都不知道怎么保管。杜
kāng hěn rèn zhēn tā bǎ liáng shi duī zài shān dòng lǐ shí jiān yī cháng liáng shi
康很认真，他把粮食堆在山洞里，时间一长，粮食
quán méi huài le huáng dì fēi cháng shēng qì xià lìng bǎ dù kāng chè zhí bù ràng
全霉坏了。黄帝非常生气，下令把杜康撤职，不让
dù kāng guǎn lǐ shēng chǎn zhǐ ràng tā bǎo guǎn liáng shi dù kāng yóu yī gè fù
杜康管理生产，只让他保管粮食。杜康由一个负
zé guǎn liáng shi shēng chǎn de dà chén yī xià zi jiàng wéi liáng shi bǎo guǎn xīn lǐ
责管粮食生产的大臣，一下子降为粮食保管，心里
shí fēn nán guò tā yòu xiǎng dào léi zǔ fēng hòu cāng jié dōu yǒu suǒ fā míng
十分难过。他又想到嫘祖、风后、仓颉，都有所发明
chuàng zào lì xià dà gōng wéi dú zì jǐ méi yǒu shén me gōng láo xiǎng dào zhè
创造、立下大功，唯独自己没有什么功劳。想到这
lǐ tā àn zì xià dìng jué xīn fēi bǎ liáng shi bǎo guǎn zhè jiàn shì zuò hǎo bù kě
里，他暗自下定决心：非把粮食保管这件事做好不可。

yǒu yī tiān dù kāng zài sēn lín lǐ fā xiàn le kōng de shù dòng tā bǎ liáng
有一天，杜康在森林里发现了空的树洞。他把粮

杜康

食全部装进树洞，心想这样也许就不会霉坏了。两年后的一天，杜康上山查看粮食，突然发现枯树周围躺着几只山羊和兔子。开始他以为这些野兽都是死的，走近一看，发现它们都在呼呼大睡。杜康正在纳闷，突然看见两只山羊在树洞跟前用舌头舔着什么。杜康连忙躲到大树后面观察，不一会儿两只山羊就摇摇晃晃起来，很快就都躺倒在地上了。原来装粮食的树洞已裂开一条缝，里面的水不断往外渗出。杜康用鼻子闻了一下，渗出来的水特别清香，自己忍不住尝了一口。这水有些辛辣，但很香甜。他连喝了几口，倒在地上昏昏沉沉地睡着了。

杜康醒来后赶快把这件事报告给了黄帝。黄帝仔细品尝了这味道香浓的水，命令杜康继续思考其中道理，又命仓颉给这种水取个名字。仓颉便造了一个“酒”字。

打这以后，杜康仔细观察、反复琢磨，终于发明了酿酒的技术。世人就将杜康尊称为酿酒始祖。

shén tú hé yù lěi

神荼和郁垒

mángmáng de dōng hǎi zhī zhōng yǒu yī zuò dù shuòshān shānshàngyǒu yī
茫茫的东海之中，有一座度朔山，山上有一
zhū hěn dà hěn dà de táo shù táo shù de zhī yè zhǎng de fēi cháng fán mào yè
株很大很大的桃树。桃树的枝叶长得非常繁茂，叶
zi yī céng dié guò yī céng gài zhù le fāngyuánsānqiān lǐ de tǔ dì zhè zhū dà
子一层叠过一层，盖住了方圆三千里的土地。这株大
táo shù dōng běi jiǎo de shù zhī jiān jiù shì suǒ yǒu de guǐ jìn chū de dì fang jiào zuò
桃树东北角的树枝间就是所有的鬼进出的地方，叫做
guǐ mén bǎ shǒu guǐ mén de liǎng wèi shén rén shì shén tú hé yù lěi tā men shì
鬼门。把守鬼门的两位神人是神荼和郁垒，他们是
xiōng dì liǎ huáng dì pài tā men zhuānmén guǎn lǐ tiān xià suǒ yǒu de guǐ tā
兄弟俩。黄帝派他们专门管理天下所有的鬼。他
men bù jǐn yǒu wēi yán ér qiě hěn yǒu bàn fǎ tè bié huì zhuō ná nà xiē gàn le huài
们不仅有威严而且很有办法，特别会捉拿那些干了坏
shì de guǐ tiān dǐ xià de guǐ dōu hěn pà tā men
事的鬼，天底下的鬼都很怕他们。

táo shù de dǐng shàng zhàn lì zhe yī zhī dà jīn jī měi dāng tài yáng shēng
桃树的顶上站立着一只大金鸡。每当太阳升
qǐ de shí hou tāng gǔ zhōng fú sāng shù shàng bào xiǎo de yù jī jiù kāi shǐ tí jiào
起的时候，汤谷中扶桑树上报晓的玉鸡就开始啼叫，
dà jīn jī yě suí zhe tí jiào qǐ lái jiù zài zhè ge shí hou yán lì de shén tú
大金鸡也随着啼叫起来。就在这个时候，严厉的神荼

hé yù lěi jiù bǎ shǒu zhù guǐ mén guān nà xiē yè wǎn yóu dàng de guǐ lù lù xù
和郁垒就把守住鬼门关。那些夜晚游荡的鬼陆陆续

xù de wǎng huí gǎn suǒ yǒu de guǐ hún yī dìng yào zài jī jiào yǐ qián gǎn huí qù
续地往回赶，所有的鬼魂一定要在鸡叫以前赶回去，

jiē shòu shén tú hé yù lěi de jiǎn chá tā men duì huí lái de dà guǐ hé xiǎo guǐ
接受神荼和郁垒的检查。他们对回来的大鬼和小鬼

yī gè jiē yī gè de jiǎn chá rú guǒ tā men fā xiàn guǐ dāng zhōng nǎ gè zài rén jiān
一个接一个地检查，如果他们发现鬼当中哪个在人间

hú zuò fēi wéi cán hài le hǎo rén jiù mǎ shàng háo bù kè qì de yòng lú wěi shéng
胡作非为、残害了好人，就马上毫不客气地用芦苇绳

zi bǎ è guǐ bǎng qǐ lái qù wèi shān shàng de lǎo hǔ zài shén tú hé yù lěi de
子把恶鬼绑起来去喂山上的老虎。在神荼和郁垒的

jiān dū xià dà dà xiǎo xiǎo de guǐ dōu bù gǎn qīng yì de zuò huài shì rén jiān jiù píng
监督下，大大小小的鬼都不敢轻易地做坏事，人间就平

ān le hěn duō
安了很多。

huáng dì guī dìng guò yī duàn shí jiān jiù qū gǎn yī cì è guǐ zài wū zi
黄帝规定，过一段时间就驱赶一次恶鬼。在屋子

zhōng jiān lì yī gè gāo dà de táo mù rén mén shàng huà shàng shén tú hé yù lěi de
中间立一个高大的桃木人，门上画上神荼和郁垒的

huà xiàng páng biān zài huà yī zhī lǎo hǔ zuì hòu zài dà mén shàng guà hǎo lú wěi
画像，旁边再画一只老虎，最后在大门上挂好芦苇

shéng zi guǐ yī kàn dào zhè xiē jiù xià de pǎo de hěn yuǎn yú shì jiā jiā hù
绳子。鬼一看到这些就吓得跑得很远。于是，家家户

hù dōu kāi shǐ zài mén shàng tiē shén tú hé yù lěi de huà xiàng zhè jiù shì zuì zǎo
户都开始在门上贴神荼和郁垒的画像，这就是最早

de mén shén
的门神。

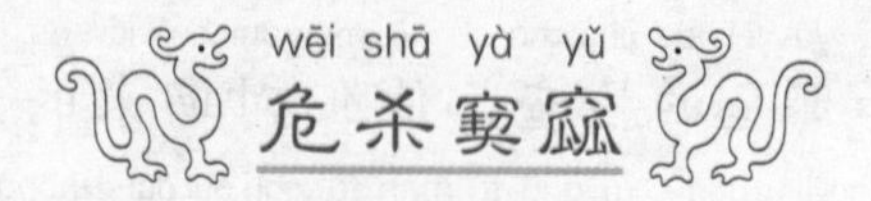

wēi shā yà yǔ
危杀窫窳

èr fù hé yà yǔ dōu shì rén miàn shé shēn de tiān shén kě shì tā men zhī jiān
贰负和窫窳都是人面蛇身的天神，可是他们之间
de guān xi yī zhí bù hǎo bù zhī zěn me yà yǔ yòu dé zuì le wēi zhè yī cì
的关系一直不好。不知怎么，窫窳又得罪了危，这一次
tā men xīn lǐ jié xià le hěn shēn de yuàn hèn fǎn mù chéng chóu le
他们心里结下了很深的怨恨，反目成仇了。

cóng zhè yǐ hòu wēi bǎ yà yǔ shì wéi yǎn zhōng dīng ròu zhōng cì yī xīn
从这以后，危把窫窳视为眼中钉、肉中刺，一心
xiǎng chú diào tā yī tiān wēi shì tàn zhe bǎ zhè ge xiǎng fǎ gào sù èr fù èr
想除掉他。一天，危试探着把这个想法告诉贰负，贰
fù běn lái hé yà yǔ de guān xi jiù bù tài hǎo zhè yī xià hěn zhòng tā de xīn
负本来和窫窳的关系就不太好，这一下很中他的心
yì yú shì wēi hé èr fù liǎng rén yī pāi jí hé jué dìng hé huǒ lái chú diào yà
意。于是，危和贰负两人一拍即合，决定合伙来除掉窫
yǔ tā men zhǎo dào le yī gè hé shì de jī huì lì yòng yà yǔ gū shēn yī rén
窳。他们找到了一个合适的机会，利用窫窳孤身一人
de shí hou chèn qí bù bèi shā sǐ le tā
的时候，趁其不备杀死了他。

tiān xià méi yǒu bù tòu fēng de qiáng wēi hé èr fù shā sǐ yà yǔ de shì zuì
天下没有不透风的墙，危和贰负杀死窫窳的事最
zhōng bèi huáng dì zhī dào le huáng dì fēi cháng shēng qì mǎ shàng xià lìng bǎ
终被黄帝知道了。黄帝非常生气，马上下令把

危抓了起来(也有人说把两人都抓起来了),以惩治他的罪行。危被判处终身监禁。他的双手被反绑到身体的后面,手和头发被捆在一起,还锁上了脚镣。黄帝命人将危捆绑到疏属山的一棵树上,让他永世不得翻身。

窫窳被杀害后,黄帝很难过,他决定召集天下的神医来救活窫窳。他从各处招来神医,有巫彭、巫抵、巫阳、巫履、巫凡、巫相等六人(也有说是十位神医)。他们拿来不死之药为窫窳治疗。在六位神医的精心医治下,窫窳终于活了过来。可惜的是,窫窳再也恢复不到以前的样子了,它变成了一个牛身、虎爪、马尾、龙头的食人兽。它的躯体变得十分庞大,走起路来像在飞一样。

bǎi niǎo zhī wángshào hào

百鸟之王少昊

shàohào shì xī fāng de yī wèi tiān dì tā de mǔ qīn shì tiānshàng de xiān
少昊是西方的一位天帝。他的母亲是天上的仙
nǚ míngjiào huáng é huáng é wǎnshàng zài tiāngōng lǐ zhī bù lèi le jiù qīng
女,名叫皇娥。皇娥晚上在天宫里织布,累了就轻
qīng de yáo zhe mù fá zài yín hé lǐ xiū xi yǒu yī cì tā chéngzhe mù fá bù
轻地摇着木筏在银河里休息。有一次,她乘着木筏不
zhī bù jué piāo dào le xī hǎi biān zhè lǐ yǒu yī kē gāo dà de qióng sāng shù
知不觉漂到了西海边。这里有一棵高大的穷桑树,
hónghóng de yè zi jiān jié zhe zǐ sè de sāngshèn tè bié hǎo kàn zài zhè kē
红红的叶子间结着紫色的桑葚,特别好看。在这棵
qióngsāngshù xià huáng é rèn shi le yī wèi róngmào chū zhòng de shàonián tā
穷桑树下,皇娥认识了一位容貌出众的少年。他
shì bái dì de ér zi jīn xīng jiù shì dōngfāng de qǐ míngxīng tā men yī qǐ zuò
是白帝的儿子金星,就是东方的启明星。他们一起坐
chuán yóuwán jiù zhè yàngmànmàn de xiāng ài le hòu lái tā men jié wéi fū
船、游玩,就这样慢慢地相爱了。后来,他们结为夫
qī shēng xià le hái zi qǔ míngjiào zhì yòu jiào shàohào yòu hào qióngsāng shì
妻,生下了孩子,取名叫挚,又叫少昊,又号穷桑氏、
jīn tiān shì
金天氏。

shàohàochéng wéi tiān dì de shí hou hěn duō wǔ cǎi bīn fēn de fèngniǎo wéi
少昊成为天帝的时候,很多五彩缤纷的凤鸟围

百鸟之王

rào zài tā shēnpáng fēi xiáng jiǔ jiǔ bù kěn lí qù hòu lái tā zài dōng hǎi wài
绕在他身旁飞翔，久久不肯离去。后来，他在东海外
jǐ wàn lǐ yuǎn de hǎi dǎoshàngjiàn lì le yī gè niǎo de wángguó zhè ge guó jiā
几万里远的海岛上建立了一个鸟的王国。这个国家
jiàn lì qǐ lái de shí hou tài yáng de guāngmáng shè zài zhè piàn tǔ dì shàng dào
建立起来的时候，太阳的光芒射在这片土地上，到
chù rǎn shàng le xuàn lì de sè cǎi guó jiā de wén wǔ bǎi guān quán yóu gè zhǒng
处染上了绚丽的色彩。国家的文武百官全由各种
gè yàng de fēi niǎo lái dān rèn jīng tōng tiān shí de fènghuáng fù zé bān bù lì fǎ
各样的飞鸟来担任：精通天时的凤凰负责颁布历法；
cōngmíng líng lì de bó gū zhǔ guǎn jiào yù qín láo yǒng gǎn de bù gǔ niǎo fù zé
聪明伶俐的鹁鸪主管教育；勤劳勇敢的布谷鸟负责
shuǐ lì hé zào fáng zi wēi yán wú sī de yīng sǔn chéng dān fǎ lǜ shì wù lè yú
水利和造房子；威严无私的鹰隼承担法律事务；乐于
zhù rén de gǔ jiū fù zé xiū xiū bǔ bǔ zhī lèi de zá shì lìng wài shào hào yòu
助人的鹘鸠负责修修补补之类的杂事。另外，少昊又
pài wǔ zhǒng yě jī fēn guǎn mù gōng jīn gōng táo gōng pí gōng rǎn gōng jiǔ
派五种野鸡分管木工、金工、陶工、皮工、染工；九
zhǒng hù niǎo guǎn lǐ nóng tián gēng zhòng hé shōu huò ér shào hào jiù dāng zhī wú
种扈鸟管理农田耕种和收获。而少昊就当之无
kuì de chéng wéi bǎi niǎo zhī wáng le
愧地成为百鸟之王了。

dōngfāng niǎo guó jiàn lì zhī hòu shào hào de zhí ér zhuān xū hái céng lái kàn
东方鸟国建立之后，少昊的侄儿颛顼还曾来看
wàng guò tā shào hào hěn xǐ huān zhuān xū céng jīng fǔ yǎng guò tā shào hào
望过他。少昊很喜欢颛顼，曾经抚养过他。少昊
zhī dào zhuān xū xǐ huān yīn yuè jiù qīn zì zhì zuò qín hé sè jiāo tā tán chàng
知道颛顼喜欢音乐，就亲自制作琴和瑟，教他弹唱。
zhuān xū zhǎng dà lí kāi hòu shào hào kàn dào tā liú xià de qín sè yǒu xiē shāng
颛顼长大离开后，少昊看到他留下的琴瑟，有些伤
xīn jiù bǎ qín sè pāo jìn le dà hǎi cóng cǐ shēn yè cóng hǎi de shēn chù jiù
心，就把琴瑟抛进了大海。从此，深夜从海的深处就
huì bù shí chuán lái yōu yáng de qín shēng
会不时传来悠扬的琴声。

zhuān xū gé jué tiān dì

颛顼隔绝天地

yuǎn gǔ shí dài tiān hé dì zhī jiān shì yǒu dào lù xiāng tōng de rén hé shén
远古时代，天和地之间是有道路相通的，人和神
kě yǐ hù xiāng lái wǎng shén kě yǐ lái dào rén jiān rén yě kě yǐ shàng tiān
可以互相来往，神可以来到人间，人也可以上天。
dào le shào hào shí dài tiān xià fā shēng le dà luàn rén hé shén hùn zài yī qǐ nán
到了少昊时代，天下发生了大乱，人和神混在一起难
yǐ fēn qīng le
以分清了。

huáng dì de qī zi léi zǔ shēng le chāng yì chāng yì bèi biǎn dào ruò shuǐ
黄帝的妻子嫘祖生了昌意，昌意被贬到若水
yī dài qǔ qī shēng le hán liú hán liú yòu qǔ qī shēng xià zhuān xū zhuān xū
一带，娶妻生了韩流，韩流又娶妻生下颛顼。颛顼
cóng xiǎo jiù zài shào hào shēn biān shēng huó tiān dì zhuān xū shēng le yī gè ér
从小就在少昊身边生活。天帝颛顼生了一个儿
zi jiào lǎo tóng lǎo tóng yòu shēng le liǎng gè ér zi jiào chóng hé lí
子，叫老童，老童又生了两个儿子，叫重和黎。

zhuān xū jué xīn gǎi biàn rén hé shén xiāng hù hùn zá de zhuàng kuàng yú shì
颛顼决心改变人和神相互混杂的状况，于是
mìng lìng tā de liǎng gè sūn zi chóng hé lí qù fēn kāi tiān hé dì xiōng dì liǎ lái
命令他的两个孙子重和黎去分开天和地。兄弟俩来
dào tiān dì jiāo jiè de dì fang kāi shǐ tǎo lùn shéi qù dǐng qǐ tiān shéi qù yā xià
到天地交界的地方，开始讨论谁去顶起天，谁去压下

地。经过一番商量，重仰起头用双手托住天，用尽全力往上推，让天空远离大地；黎俯下身子也花很大的力气往下摁，让大地尽量离天空远一些。就这样，一个往上推，一个往下摁，在他们的共同努力之下，慢慢地，天和地分离得非常遥远了。重随着天升到了很高的天上，黎跟着地降到了地上，他们从此互相见不到了。在这之后，天和地的界限分明，距离也变得极其遥远，人们想要再上到天上变得非常困难了。

这之后，在荒凉广漠的天地之间，能够通向上界的天门只有那座日月山了。山上有个地方叫吴姖天门，是日月落下的地方。摁下地的黎后来生下了噎。这位天神长着人的脸，没有胳膊，两条腿反转过来盘在头上。噎住在西边的山上，专门管理着太阳、月亮和星星的运行。

tài yáng ér zi hé mā ma xī hé

太阳儿子和妈妈羲和

tài yáng nǚ shén de míng zi jiào xī hé tā shì dì jùn de qī zi tā hěn
太阳女神的名字叫羲和，她是帝俊的妻子。她很
měi lì ér qiě wēn róu tā shēng xià le shí gè ér zi yě jiù shì shí gè tài
美丽而且温柔。她生下了十个儿子，也就是十个太
yáng tā men yī qǐ zhù zài dōngfāng hǎi wài de tāng gǔ tāng gǔ nà lǐ yǒu yī
阳。他们一起住在东方海外的汤谷。汤谷那里有一
zhūshén qí de dà shù míngjiào fú sāng yě jiào fú mù zhè kē dà shù yǒu jǐ
株神奇的大树，名叫扶桑，也叫扶木。这棵大树有几
qiānzhàng gāo cóngshàngdào xià hónghóng de shù yè zé xiàng jiè cài de yè zi yī
千丈高，从上到下红红的，树叶则像芥菜的叶子一
yàng cuì lǜ pèi shànghóng yàn yàn de huā duǒ fēi cháng hǎo kàn shí gè tài yáng
样翠绿，配上红艳艳的花朵，非常好看。十个太阳
zhī zhōng yǒu jiǔ gè xiōng dì zhù zài fú sāng shù zhǎng de jiào ǎi de zhī tiáo shàng
之中，有九个兄弟住在扶桑树长得较矮的枝条上，
yǒu yī gè zhù zài shù shāo shàng tā men měi tiān yī gè lún liú qù tiān kōng zhí
有一个住在树梢上。他们每天一个，轮流去天空值
bān
班。

měi tiān zǎo shàng bù lùn nǎ yī gè tài yáng zhí bān mā ma xī hé dōu yào
每天早上，不论哪一个太阳值班，妈妈羲和都要
jià chē sòng tā yī lù péi bàn zhe tā tā men zuò de chē zi shì yóu liù tiáo lóng
驾车送他，一路陪伴着他。他们坐的车子是由六条龙

lā zhe de cóng qǐ diǎn tāng gǔ dào zhōng diǎn méng gǔ zhè yī lù yào jīng guò jiǔ
拉着的。从起点汤谷到终点蒙谷，这一路要经过九
zhōu zǒu wǔ shí wàn qī qiān líng jiǔ lǐ lù yán lù yī gòng yǒu shí liù gè zhàn zǒu
州，走五十万七千零九里路，沿路一共有十六个站，走
xià lái zhèng hǎo shì yī tiān de lù chéng huǒ lóng lā zhe chē yī zhàn yī zhàn de
下来正好是一天的路程。火龙拉着车一站一站地
zǒu a zǒu a zǒu dào dì shí sì zhàn jiù dào le bēi quán dào le bēi quán tài
走啊走啊，走到第十四站，就到了悲泉。到了悲泉，太
yáng ér zi jiù yào gào bié mā ma zì jǐ xià chē zǒu lù qù tiān kōng le dāng zhè
阳儿子就要告别妈妈，自己下车走路去天空了。当这
ge ér zi xià le chē mā ma xī hé jiù yào jià zhe kōng chē gǎn huí tāng gǔ xī
个儿子下了车，妈妈羲和就要驾着空车赶回汤谷。羲
hé gǎn huí qù kě bù shì wèi le xiū xi huò shì yóu wán tā huí qù jiù kāi shǐ wèi
和赶回去可不是为了休息或是游玩，她回去就开始为
dì èr tiān shàng tiān kōng qù zhí bān de ér zi zuò zhǔn bèi měi tiān zǎo shàng zhí
第二天上天空去值班的儿子作准备。每天早上，值
bān de tài yáng lí kāi fú sāng dēng shàng lóng chē zhī qián mā ma dōu yī dìng yào lǐng
班的太阳离开扶桑，登上龙车之前，妈妈都一定要领
zhe tā xiān zài xián chí lǐ xǐ gè zǎo rán hòu cái néng shàng chē xī hé hái cháng
着他先在咸池里洗个澡，然后才能上车。羲和还常
dài zhe ér zi men zài dōng nán hǎi wài de gān yuān yī qǐ xǐ zǎo gān yuān de shuǐ shí
带着儿子们在东南海外的甘渊一起洗澡；甘渊的水十
fēn tián měi xī hé bǎ tài yáng ér zi men gè gè xǐ de gān jìng míng liàng
分甜美，羲和把太阳儿子们个个洗得干净明亮。

xī hé bǎ zuì wēn nuǎn de mǔ ài dōu gěi le zhè shí gè ér zi dài lǐng ér
羲和把最温暖的母爱都给了这十个儿子，带领儿
zi men wèi rén lèi fú wù zhè shí gè ér zi yě zài mā ma de guān ài zhōng kuài
子们为人类服务。这十个儿子也在妈妈的关爱中快
lè de shēng huó zhe tā men lún liú zài tiān kōng shàng jìn zhí jìn zé gěi rén men
乐地生活着。他们轮流在天空上尽职尽责，给人们
dài lái guāng míng hé wēn nuǎn
带来光明和温暖。

zhuī gǎn tài yáng de kuā fù

追赶太阳的夸父

yuǎn gǔ shí dài běi fāng yǒu yī zuò xióng wěi de chéng dū zài tiān shān zhè
远古时代,北方有一座雄伟的成都载天山。这
zuò shān shàng zhù zhe jù rén kuā fù tā shēn gāo wú bǐ jiān qiáng yǒu lì nà shí
座山上住着巨人夸父,他身高无比,坚强有力。那时
hou shì shàng dào chù dōu hěn huāng liáng yě shòu hěn duō rén men cháng cháng shòu dào
候,世上到处都很荒凉,野兽很多,人们常常受到
qīn hài kuā fù měi tiān dōu shuài lǐng zì jǐ de zú rén gēn hóng shuǐ měng shòu bó
侵害。夸父每天都率领自己的族人跟洪水猛兽搏
dòu tā cháng cháng jiāng zhuō dào de xiōng è de huáng shé guà zài zì jǐ liǎng zhī
斗。他常常将捉到的凶恶的黄蛇挂在自己两只
ěr duo shàng lái qìng zhù tā de shèng lì
耳朵上,来庆祝他的胜利。

kuā fù yǒu yī gè bù tóng xún cháng de xīn yuàn jiù shì yào zhuī gǎn tài yáng
夸父有一个不同寻常的心愿,就是要追赶太阳,
jiāng huī huáng de tài yáng kàn gè qīng chǔ zhōng yú yǒu yī tiān tài yáng gāng gāng
将辉煌的太阳看个清楚。终于有一天,太阳刚刚
shēng qǐ jīng shén dǒu sǒu de kuā fù qǐ chéng le tā kuà guò le yī zuò zuò gāo
升起,精神抖擞的夸父起程了。他跨过了一座座高
shān yuè guò le yī tiáo tiáo dà hé yī lù shàng zhuī ya zhuī ya zhōng yú zài yú
山,越过了一条条大河,一路上追呀追呀,终于在禺
gǔ kuài yào zhuī shàng tài yáng le zhè shí kuā fù xīn lǐ xìng fèn jí le kě jiù
谷快要追上太阳了。这时,夸父心里兴奋极了。可就

在他马上就能触到太阳的时候，由于激动过度，顿时感到头昏眼花，竟晕过去了。夸父醒过来的时候，太阳早已不见了。

夸父依然不气馁，他鼓足全身力气，又出发了。可是离太阳越近，太阳光就越强烈，夸父越来越感到焦躁难耐。他跑到东南方的黄河边，伏下身子，猛喝黄河里的水，黄河水被喝干了，他又去喝渭河里的水。渭河水被喝干了，还是不解渴。于是，他打算向北走，去喝一个大泽的水。可是，夸父实在太累太渴了，当他走到中途时，身体就再也支持不住了，慢慢地倒下去，死了。夸父死后，他扔下的手杖变成了一片五彩云霞般的桃林。

夸父虽然死了，但他那种大胆探索、不畏牺牲的精神永远留在人世间，鼓舞着人们不断进取。

hòu yì shè jiǔ rì
后羿射九日

yáo tǒng zhì tiān xià de shí hou shí gè tài yáng tóng shí chū xiàn zài tiān kōng
尧统治天下的时候，十个太阳同时出现在天空
zhōng tā men yī qǐ xiàng dà dì pēn shè zhe huǒ yàn bǎ tǔ dì kǎo jiāo le
中，它们一起向大地喷射着火焰，把土地烤焦了。
zhuāng jia dōu gān kū le rén men rè de chuǎn bù guò qì lái dǎo zài dì shàng hūn
庄稼都干枯了，人们热得喘不过气来，倒在地上昏
mí bù xǐng yī xiē guài qín měng shòu yě cóng gān hé de jiāng hú hé huǒ yàn shì de
迷不醒。一些怪禽猛兽也从干涸的江湖和火焰似的
sēn lín lǐ pǎo le chū lái
森林里跑了出来。

rén jiān de zāi nàn jīng dòng le tiān shàng de shén tiān dì dì jùn mìng lìng shàn
人间的灾难惊动了天上的神，天帝帝俊命令擅
cháng shè jiàn de hòu yì xià dào rén jiān xié zhù yáo lái xiāo chú rén jiān de kǔ nàn
长射箭的后羿下到人间，协助尧来消除人间的苦难。
tiān dì cì gěi hòu yì yī zhāng hóng sè de shén gōng yī kǒu dài jì shàng bái sè sī
天帝赐给后羿一张红色的神弓，一口袋系上白色丝
dài de lì jiàn hòu yì dài zhe gōng jiàn lái dào rén jiān
带的利箭。后羿带着弓箭来到人间。

hòu yì gǎn dào dào chù dōu xiàng zháo le huǒ yī yàng rè de chuǎn bù guò qì
后羿感到到处都像着了火一样，热得喘不过气。
tā xiǎng rén men shēng huó de tài kǔ le wǒ yī dìng yào wèi mín chú hài yú
他想："人们生活得太苦了，我一定要为民除害！"于

shì tā dǒu sǒu jīng shén tóu rù dào shè tài yáng de zhàn dòu zhōng tā cóng jiān
是，他抖擞精神，投入到射太阳的战斗中。他从肩
shàng qǔ xià nà hóng sè de shén gōng chōu chū bái jiàn yī zhī yī zhī de shè xiàng
上取下那红色的神弓，抽出白箭，一支一支地射向
jiāo hèng de tài yáng měi yī jiàn dōu bù xū fā qǐng kè jiān shè qù le jiǔ gè tài
骄横的太阳，每一箭都不虚发，顷刻间，射去了九个太
yáng zhè xià yáo dì huāng le tā xiǎng yào shì yī gè tài yáng yě méi yǒu le
阳。这下，尧帝慌了，他想要是一个太阳也没有了，
nà tiān dì bù shì yī piàn qī hēi ma dà jiā hái shì bù néng shēng huó a yú
那天地不是一片漆黑吗？大家还是不能生活啊。于
shì tā gǎn kuài lán zhù le hòu yì tiān kōng zhōng zhǐ shèng xià yī gè tài yáng
是，他赶快拦住了后羿。天空中只剩下一个太阳
le dà dì shàng dùn shí qīng liáng qǐ lái rén men huān hū què yuè bù tíng de gǎn
了，大地上顿时清凉起来，人们欢呼雀跃，不停地感
xiè hòu yì wèi tā men xiāo chú le zāi nàn cóng cǐ yǐ hòu zhè yī gè tài yáng biàn
谢后羿为他们消除了灾难。从此以后，这一个太阳变
de ān fēn qǐ lái jìn zhí jìn zé de wèi rén lèi fú wù zhěng gè shì jiè huī fù
得安分起来，尽职尽责地为人类服务，整个世界恢复
le yuán lái de níng jìng yǔ wēn nuǎn
了原来的宁静与温暖。

hòu yì lì le dà gōng tiān dì què bǎ tā biǎn dào rén jiān zhè shì wèi shén
后羿立了大功，天帝却把他贬到人间。这是为什
me ne yǒu yī zhǒng shuō fǎ shì hòu yì gōng láo tài dà le qí tā tiān shén jí
么呢？有一种说法是，后羿功劳太大了，其他天神嫉
dù tā zài tiān dì miàn qián shuō le tā hěn duō huài huà tiān dì zuì hòu xiāng xìn le
妒他，在天帝面前说了他很多坏话，天帝最后相信了；
hái yǒu yī zhǒng shuō fǎ shì shí gè tài yáng shì tiān dì de ér zi suī rán tā men
还有一种说法是，十个太阳是天帝的儿子，虽然他们
fàn le cuò kě tiān dì bù rěn kàn dào zì jǐ de hái zi zhè yàng bèi shè sǐ hòu yì
犯了错，可天帝不忍看到自己的孩子这样被射死，后羿
yòu shì zài wèi mín chú hài bù néng shā tā jiù jiāng tā biǎn dào rén jiān le bù
又是在为民除害，不能杀他，就将他贬到人间了。不
guǎn zěn yàng hòu yì hòu lái zhǐ hǎo dài zhe tā de qī zi cháng é yǐn jū rén jiān
管怎样，后羿后来只好带着他的妻子嫦娥隐居人间，

kào dǎ liè wéi shēng kě shì zài rén men de xīn mù zhōng hòu yì yǒng yuǎn shì
靠打猎为生。可是,在人们的心目中,后羿永远是
yī wèi liǎo bù qǐ de yīng xióng
一位了不起的英雄。

chǎn chú dú shé měngshòu de hòu yì
铲除毒蛇猛兽的后羿

shí gè tài yáng yī qǐ chū xiàn zài tiān kōng de shí hou dú shé měngshòu yě
十个太阳一起出现在天空的时候，毒蛇猛兽也
chèn jī cóng shù lín shuǐ dǐ chū lái wēi hài rén lèi zài shè xià tiān kōng zhōng de
趁机从树林、水底出来危害人类。在射下天空中的
jiǔ gè tài yáng zhī hòu hòu yì kāi shǐ zhuān xīn duì fu zhè xiē yě shòu
九个太阳之后，后羿开始专心对付这些野兽。

hòu yì lái dào rén jiān shǒu xiān lái dào kūn lún shān dōng miàn yī chù jiào shòu
后羿来到人间，首先来到昆仑山东面一处叫寿
huá de shuǐ biān zhè lǐ chū mò zhe yī zhǒng guài wù záo chǐ tā bàn rén bàn shòu
华的水边。这里出没着一种怪物凿齿。它半人半兽，
xiàng záo zi yī yàng fēng lì de yá chǐ cháng cháng de shēn chū zuǐ wài záo chǐ hěn
像凿子一样锋利的牙齿长长地伸出嘴外。凿齿很
lì hai kě shì hòu yì yī xiǎng dào bù shā sǐ zhè xiē dú shé guài shòu rén men zài
厉害，可是，后羿一想到不杀死这些毒蛇怪兽，人们再
yě huó bù xià qù le jiù háo bù yóu yù de dā qǐ le gōng jiàn kāi shǐ záo chǐ
也活不下去了，就毫不犹豫地搭起了弓箭。开始，凿齿
hái yǐ dùn pái lái dǐ kàng jǐ gè huí hé xià lái jiù bèi hòu yì shè sǐ le
还以盾牌来抵抗，几个回合下来，就被后羿射死了。

hòu yì hái shè sǐ le zhǎng xiàng qí tè fēi cháng xiōng cán zhuān mén chī rén
后羿还射死了长相奇特、非常凶残、专门吃人
de guài shòu yà yǔ jiē zhe hòu yì lái dào běi fāng zài xiōng shuǐ yī dài shā sǐ
的怪兽猰貐。接着，后羿来到北方，在凶水一带，杀死

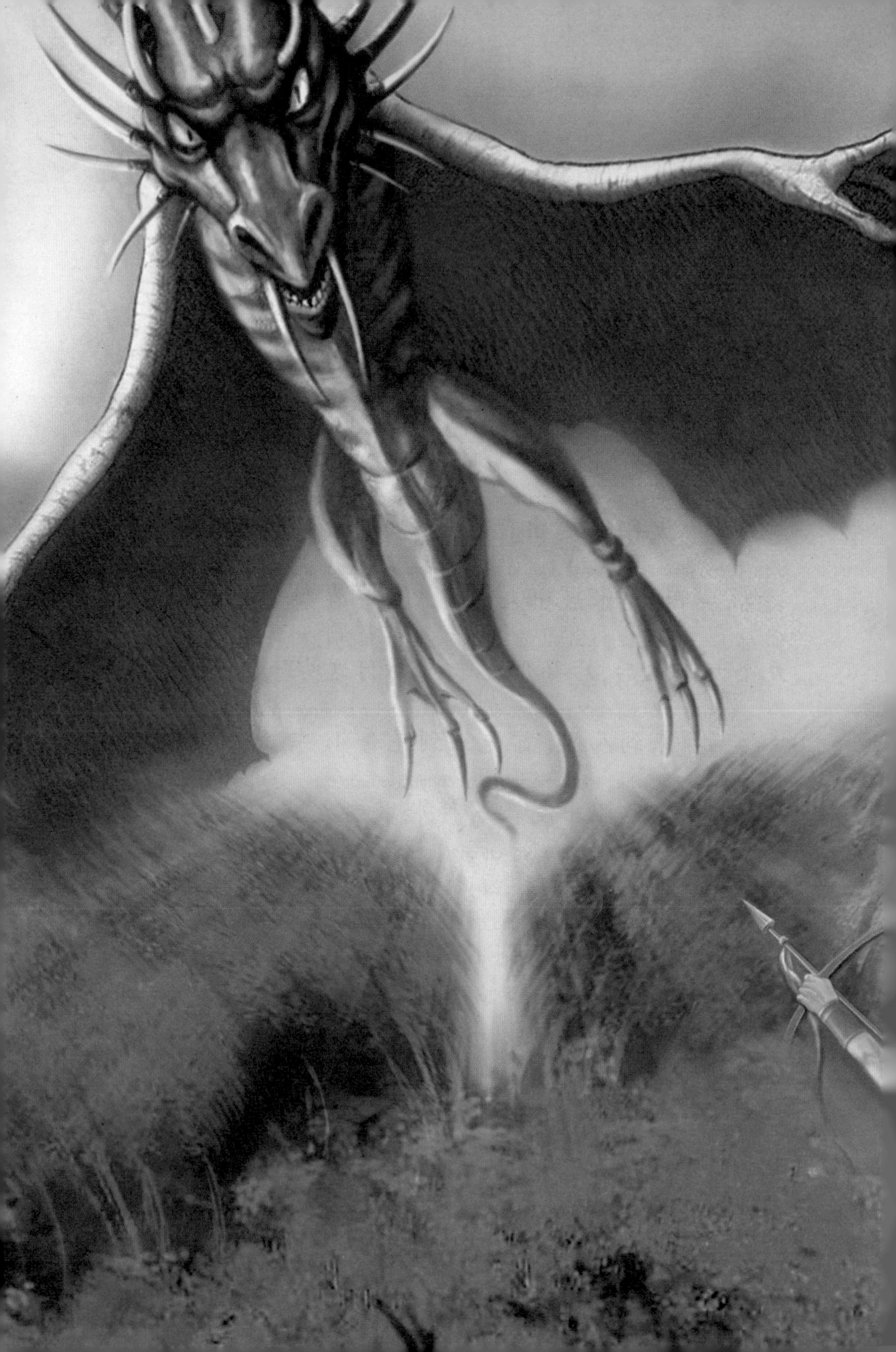

le néngpēn huǒ pēn shuǐ de jiǔ tóu guài wù jiǔ yīng dōng fāng de qīng qiū yǒu yī
了能喷火、喷水的九头怪物九婴。东方的青丘有一
zhǒng xiōng měng de fēi qín jiào zuò dà fēng tā de shēn zi fēi cháng dà yī fēi
种凶猛的飞禽，叫做大风。它的身子非常大，一飞
qǐ lái jiù huì guā qǐ zhèn zhèn kuáng fēng fáng wū dōu bèi cuī huǐ dà fēng hěn huì
起来就会刮起阵阵狂风，房屋都被摧毁。大风很会
fēi hěn nán shè dào kě zhè yě nán bù dǎo cōng míng de hòu yì tā dòng shǒu zuò
飞，很难射到，可这也难不倒聪明的后羿。他动手做
le yī zhǒng jì zhe cháng shéng de jiàn duǒ zài àn chù zhōng yú shè zhòng dà fēng
了一种系着长绳的箭，躲在暗处，终于射中大风，
bǎ tā yòng lì lā xià lái shā sǐ le
把它用力拉下来杀死了。

zhè shí xiū shé hé fēng xī hái zài wēi hài rén lèi xiū shé shì fēi cháng jù
这时，修蛇和封豨还在危害人类。修蛇是非常巨
dà de mǎng shé tā men zài shuǐ zhōng xiān qǐ jù làng dǎ fān yú chuán bǎ yú mín
大的蟒蛇，它们在水中掀起巨浪，打翻渔船，把渔民
tūn xià qù hòu yì zài dòng tíng hú de fēng làng zhōng zuò zhàn zhōng yú shā sǐ le
吞下去。后羿在洞庭湖的风浪中作战，终于杀死了
xiū shé fēng xī shì dà yě zhū zhǎng zhe kě pà de liáo yá lì qi bǐ niú dà
修蛇。封豨是大野猪，长着可怕的獠牙，力气比牛大
xǔ duō dào chù zāo tà zhuāng jia gōng jī rén lèi hòu yì yī zhí wěi suí tā
许多，到处糟蹋庄稼、攻击人类。后羿一直尾随它，
jiē lián xiàng fēng xī de tuǐ shè le hěn duō jiàn zhè xià zi fēng xī zài yě pǎo bù dòng
接连向封豨的腿射了很多箭，这下子封豨再也跑不动
le zhǐ shèng guāi guāi bèi huó zhuō de fèn le
了，只剩乖乖被活捉的份了。

kàn dào píng rì lǐ cán hài tā men de dú shé guài shòu yī gè gè de bèi chú
看到平日里残害他们的毒蛇怪兽一个个地被除
diào le lǎo bǎi xìng men dōu huān tiān xǐ dì tā men cù yōng zhe hòu yì chēng zàn
掉了，老百姓们都欢天喜地。他们簇拥着后羿，称赞
tā shì yīng xióng
他是英雄。

cháng é bēn yuè

嫦娥奔月

hòu yì shè xià jiǔ gè tài yáng zhī hòu bèi biǎn dào rén jiān tā dài zhe zì
后羿射下九个太阳之后，被贬到人间。他带着自
jǐ měi lì de qī zi cháng é lái dào rén jiān měi tiān yǐ dǎ liè dù rì lǎo bǎi
己美丽的妻子嫦娥来到人间，每天以打猎度日。老百
xìng zì rán bù huì wàng jì hòu yì tā zǒu dào nǎ lǐ dōu shòu dào zūn jìng hé ài
姓自然不会忘记后羿，他走到哪里都受到尊敬和爱
dài hòu yì shè jiàn de jì yì kě shì yī diǎn dōu méi yǒu yīn wèi lái dào rén jiān ér
戴。后羿射箭的技艺可是一点都没有因为来到人间而
biàn chà tā hái shì měi shè yī jiàn dōu néng shè zhòng liè wù nà xiē bēn pǎo de yě
变差，他还是每射一箭都能射中猎物。那些奔跑的野
lù fēi xiáng de niǎo què zhǐ yào hòu yì kàn dào le zài yuǎn tā dōu néng shè zhòng
鹿、飞翔的鸟雀，只要后羿看到了，再远他都能射中。
zhè yàng yī lái tā hé qī zi de shēng huó guò de hái bù cuò
这样一来，他和妻子的生活过得还不错。

hòu yì de míng qì tài dà le bù shǎo rén dōu lái xiàng tā xué xí shè jiàn
后羿的名气太大了，不少人都来向他学习射箭。
yǒu yī gè jiào péng méng de rén yě hùn le jìn lái tā wéi rén hěn jiǎo huá yǒu yī
有一个叫蓬蒙的人也混了进来，他为人很狡猾。有一
tiān hòu yì dào kūn lún shān bài fǎng péng yǒu wáng mǔ niáng niang gāng hǎo cóng nà lǐ
天，后羿到昆仑山拜访朋友，王母娘娘刚好从那里
jīng guò hòu yì jiù xiàng wáng mǔ niáng niang qiú le yī bāo bù sǐ yào jù shuō
经过，后羿就向王母娘娘求了一包不死药。据说，

fú xià zhè zhǒng yào jiù néng mǎ shàng shēng tiān chéng xiān hòu yì shě bù dé piě xià
服下这种药就能马上升天成仙。后羿舍不得撇下
qī zi jiù zàn shí bǎ bù sǐ yào jiāo gěi cháng é zhēn cáng cháng é jiāng yào cáng
妻子,就暂时把不死药交给嫦娥珍藏。嫦娥将药藏
jìn shū zhuāng tái de bǎi bǎo xiá lǐ bù liào bèi péng méng kàn dào le sān tiān
进梳妆台的百宝匣里,不料被蓬蒙看到了。三天
hòu hòu yì shuài zhòng tú wài chū shòu liè péng méng jiǎ zhuāng shēng bìng liú le
后,后羿率众徒外出狩猎,蓬蒙假装生病,留了
xià lái hòu yì hé zhòng rén zǒu hòu méi duō jiǔ péng méng chí zhe bǎo jiàn chuǎng
下来。后羿和众人走后没多久,蓬蒙持着宝剑闯
rù hòu yì hé cháng é de wò shì bī cháng é jiāo chū bù sǐ yào cháng é hěn
入后羿和嫦娥的卧室,逼嫦娥交出不死药。嫦娥很
zháo jí yī shí méi yǒu bàn fǎ jiù jiāng yào wán yī kǒu tūn le xià qù tū rán
着急,一时没有办法,就将药丸一口吞了下去。突然,
tā de shēn zi biàn qīng le màn màn piāo chū wū zi shēng xiàng le tiān kōng bàng
她的身子变轻了,慢慢飘出屋子,升向了天空。傍
wǎn hòu yì huí dào jiā dé zhī qíng kuàng hòu jì jīng yòu nù chōu jiàn qù shā péng
晚,后羿回到家得知情况后,既惊又怒,抽剑去杀蓬
méng zhè ge huài jiā huo què zǎo táo zǒu le
蒙,这个坏家伙却早逃走了。

shāng xīn de hòu yì zhǐ néng yǎng wàng zhe yè kōng hū huàn ài qī de míng
伤心的后羿只能仰望着夜空呼唤爱妻的名
zi zhè shí tā jīng qí de fā xiàn tiān kōng de yuè liang gé wài jiǎo jié ér qiě yǒu
字。这时他惊奇地发现,天空的月亮格外皎洁,而且有
gè huǎng dòng de shēn yǐng kù sì cháng é hòu yì jí máng lái dào huā yuán lǐ
个晃动的身影酷似嫦娥。后羿急忙来到花园里,
bǎ shuǐ guǒ gāo diǎn bǎi shàng zhuō zi yáo jì zài yuè gōng lǐ de cháng é bǎi xìng
把水果糕点摆上桌子,遥祭在月宫里的嫦娥。百姓
men zhī dào cháng é bēn yuè chéng xiān de xiāo xi dōu xiàng shàn liáng de cháng é qí
们知道嫦娥奔月成仙的消息,都向善良的嫦娥祈
qiú jí xiáng píng ān cóng cǐ yī dào zhōng qiū yuè yuán de shí hou dà jiā dōu huì
求吉祥平安。从此,一到中秋月圆的时候,大家都会
cóng jiā lǐ zǒu chū lái yáo bài yuè liang
从家里走出来,遥拜月亮。

yǒng bù xiāng jiàn de shāng xīng hé cān xīng

永不相见的商星和参星

shàng gǔ shí de tiān dì gāo xīn shì yě jiù shì dì kù yǒu liǎng gè tiáo pí
上古时的天帝高辛氏，也就是帝喾，有两个调皮
de ér zi lǎo dà jiào yān bó lǎo èr jiào shí shěn tā men dōu zhù zài huāng shān
的儿子，老大叫阏伯，老二叫实沈，他们都住在荒山
lǎo lín lǐ shéi zhī zhè xiōng dì liǎ xiàng shuǐ huǒ yī yàng hù bù xiāng róng hù bù
老林里。谁知这兄弟俩像水火一样互不相容，互不
xiāng ràng zhè ge shuō dōng nà ge yī dìng cháo xī xiōng dì liǎ yī jiàn miàn jiù
相让。这个说东，那个一定朝西。兄弟俩一见面就
chǎo jià zuì hòu fā zhǎn dào wǔ dāo nòng qiāng yān bó jiào lái yī bāng zì jǐ de
吵架，最后发展到舞刀弄枪，阏伯叫来一帮自己的
péng you shí shěn yě jí hé yī huǒ wán bàn liǎng biān kāi shǐ xiàng dǎ zhàng yī yàng
朋友，实沈也集合一伙玩伴，两边开始像打仗一样，
hù xiāng gōng shā zhè liǎng rén nǐ lái wǒ wǎng shā de shù mù fēn fēn zhé duàn tiān
互相攻杀。这两人你来我往，杀得树木纷纷折断，天
hǎo xiàng yě àn le xià lái
好像也暗了下来。

dì kù yuán lái jiù hěn bù mǎn yì tā men xiōng dì liǎ bù hé de shì qing yě
帝喾原来就很不满意他们兄弟俩不和的事情，也
céng jīng duō cì quàn shuō réng rán wú jì yú shì zhè cì xiōng dì liǎ kāi shǐ dòng
曾经多次劝说，仍然无济于事。这次，兄弟俩开始动
shǒu dǎ jià le dì kù fēi cháng shēng qì xià jué xīn bǎ tā men èr rén chè dǐ fēn
手打架了，帝喾非常生气，下决心把他们二人彻底分

kāi lǎo dà yān bó bèi pài dào shāng qiū zhǔ guǎn nà lǐ de xīng chén zhè xīng

开。老大阏伯被派到商丘，主管那里的星辰。这星

chén jiù shì dōng fāng míng liàng de sān kē xīng yòu jiào xīn xiù xīng shì shāng mín zú

辰就是东方明亮的三颗星，又叫心宿星，是商民族

gòng fèng jì sì de xīng chén yīn cǐ yòu jiào shāng xīng lǎo èr shí shěn bèi pài dào

供奉祭祀的星辰，因此又叫商星。老二实沈被派到

dà xià zhǔ guǎn nà lǐ de xīng chén zhè shì xī fāng yǒu míng de cān xīng wéi táo

大夏，主管那里的星辰，这是西方有名的参星，为陶

táng shì de hòu dài suǒ jì sì mó bài cóng cǐ yǐ hòu shāng xīng hé cān xīng yī

唐氏的后代所祭祀、膜拜。从此以后，商星和参星，一

gè dōng fāng shēng qǐ yī gè xī fāng luò xià shéi yě jiàn bù dào shéi de miàn le

个东方升起，一个西方落下，谁也见不到谁的面了。

nà xiōng dì liǎ yǒu méi yǒu wèi zì jǐ de xíng wéi hòu huǐ ne yě xǔ ba kě shì

那兄弟俩有没有为自己的行为后悔呢？也许吧，可是

shéi dōu bù zhī dào tā men yǒng bù xiāng jiàn zhī hòu dào dǐ shì zěn me xiǎng de bù

谁都不知道他们永不相见之后到底是怎么想的。不

guǎn zěn yàng dì kù duì tā men de chéng fá yǒng yuǎn méi yǒu shōu huí liǎng rén shì

管怎样，帝喾对他们的惩罚永远没有收回，两人是

zài yě jiàn bù zháo miàn le

再也见不着面了。

yīn wèi cān xīng hé shāng xīng cóng lái bù tóng shí zài tiān kōng zhōng chū xiàn suǒ

因为参星和商星从来不同时在天空中出现，所

yǐ hòu lái de shī rén yǒu yī jù shī rén shēng bù xiāng jiàn dòng rú shāng yǔ

以后来的诗人有一句诗：“人生不相见，动如商与

cān rén men yòng cān xīng hé shāng xīng lái xíng róng qīn yǒu zhī jiān de bù néng xiāng

参。”人们用参星和商星来形容亲友之间的不能相

jiàn huò shì gǎn qíng bù hé

见或是感情不和。

yáo ràng wèi gěi shùn
尧让位给舜

yáo de nián jì jiàn jiàn dà le yú shì tā xiǎng zhǎo yī gè jì chéng rén
尧的年纪渐渐大了，于是，他想找一个继承人。
yǒu yī cì tā bǎ sì fāng bù luò shǒu lǐng zhǎo lái shāng liang zhè jiàn shì yào dà jiā
有一次，他把四方部落首领找来商量这件事，要大家
tuī jiàn yī gè yǒu cái néng ér qiě xián dé de rén dào huì de rén qī zuǐ bā shé
推荐一个有才能而且贤德的人。到会的人七嘴八舌
shuō gè bù tíng dōu tuī jǔ shùn jì chéng yáo de tiān xià
说个不停，都推举舜继承尧的天下。

shùn de fù qīn shì gè xiā yǎn de lǎo tóu rén men jiào tā gǔ sǒu tā hěn hú
舜的父亲是个瞎眼的老头，人们叫他瞽叟，他很糊
tu shùn de shēng mǔ hěn zǎo jiù sǐ le hòu mǔ xīn cháng hěn huài hòu mǔ shēng
涂。舜的生母很早就死了，后母心肠很坏。后母生
de dì di míng jiào xiàng fēi cháng ào màn gǔ sǒu què hěn chǒng tā shùn shēng
的弟弟名叫象，非常傲慢，瞽叟却很宠他。舜生
huó zài zhè yàng yī gè jiā tíng lǐ jiā rén dōu dài tā bù hǎo kě tā què duì tā de
活在这样一个家庭里，家人都待他不好，可他却对他的
fù mǔ dì di fēi cháng hǎo
父母、弟弟非常好。

gǔ sǒu shòu dào qī zi hé xiǎo ér zi de gǔ huò zǒng xiǎng zhǎo jī huì hài
瞽叟受到妻子和小儿子的蛊惑，总想找机会害
sǐ shùn yǒu yī tiān tā jiào shùn qù xiū bǔ liáng cāng de dǐng dāng shùn shùn zhe
死舜。有一天，他叫舜去修补粮仓的顶。当舜顺着

tī zi pá shàng cāng dǐng de shí hou gǔ sǒu zài xià miàn fàng qǐ huǒ lái bìng tōu tōu
梯子爬上仓顶的时候，瞽叟在下面放起火来，并偷偷
bān zǒu le tī zi shùn zài cāng dǐng shàng yī jiàn qǐ huǒ xiǎng zhǎo tī zi pá xià
搬走了梯子。舜在仓顶上一见起火，想找梯子爬下
lái tī zi zǎo yǐ bù jiàn le shùn jí zhōng shēng zhì ná qǐ suí shēn dài zhe
来，梯子早已不见了。舜急中生智，拿起随身带着
de liǎng dǐng zhē tài yáng yòng de lì mào xiàng niǎo zhāng chì bǎng yī yàng tiào le xià
的两顶遮太阳用的笠帽，像鸟张翅膀一样跳了下
lái yě bù zhī zěn de lì mào suí zhe fēng piāo piāo dàng dàng shùn qīng qīng de luò
来。也不知怎的，笠帽随着风飘飘荡荡，舜轻轻地落
zài dì shàng yī diǎn yě méi shòu shāng
在地上，一点也没受伤。

gǔ sǒu hé xiàng bìng bù gān xīn tā men yòu jiào shùn qù táo jǐng shùn tiào
瞽叟和象并不甘心，他们又叫舜去淘井。舜跳
xià qù zhī hòu gǔ sǒu hé xiàng jiù bǎ yī kuài kuài shí tou diū xià qù bìng bǎ jǐng
下去之后，瞽叟和象就把一块块石头丢下去，并把井
tián le qǐ lái xīn xiǎng zhè xià zi zǒng néng bǎ shùn huó huó mái zài jǐng lǐ miàn le
填了起来，心想这下子总能把舜活活埋在井里面了
ba méi xiǎng dào shùn zǎo yǒu fáng bèi tā xià jǐng zhī hòu zài jǐng biān jué le yī
吧。没想到舜早有防备，他下井之后，在井边掘了一
gè àn dào tā cóng zhè ge àn dào zuān le chū lái ān quán de huí jiā le
个暗道。他从这个暗道钻了出来，安全地回家了。
xiàng xīn lǐ àn àn chī jīng biǎo miàn shàng què hěn bù hǎo yì si de shuō a
象心里暗暗吃惊，表面上却很不好意思地说：“啊，
wǒ duō me xiǎng niàn nǐ ya shùn tīng le yě zhuāng zuò ruò wú qí shì méi yǒu shuō
我多么想念你呀！”舜听了也装作若无其事，没有说
shén me zé bèi de huà dǎ zhè yǐ hòu shùn hái shì xiàng guò qù yī yàng kè ke
什么责备的话。打这以后，舜还是像过去一样客客
qì qi de duì dài tā de fù mǔ hé dì di gǔ sǒu hé xiàng què zài yě bù gǎn àn
气气地对待他的父母和弟弟，瞽叟和象却再也不敢暗
hài shùn le
害舜了。

yáo tīng le dà jiā jiè shào de shùn de shì jì yòu jīng guò kǎo chá rèn wéi
尧听了大家介绍的舜的事迹，又经过考察，认为

shùn què shí shì gè pǐn dé hǎo yòu tǐng néng gàn de rén jiù bǎ shǒu lǐng de wèi zi ràng
舜确实是个品德好又挺能干的人,就把首领的位子让
gěi le shùn shùn jì wèi hòu réng rán xiàng guò qù nà yàng yòu qín láo yòu jiǎn pǔ
给了舜。舜继位后,仍然像过去那样又勤劳又俭朴,
gēn lǎo bǎi xìng yī qǐ cān jiā láo dòng dé dào le dà jiā de xìn rèn guò le jǐ
跟老百姓一起参加劳动,得到了大家的信任。过了几
nián yáo sǐ le shùn hái xiǎng bǎ bù luò lián méng shǒu lǐng de wèi zi ràng gěi yáo de
年,尧死了,舜还想把部落联盟首领的位子让给尧的
ér zi dān zhū kě shì dà jiā dōu bù zàn chéng zhè yàng shùn cái zhèng shì dāng
儿子丹朱,可是大家都不赞成。这样,舜才正式当
shàng le shǒu lǐng zhè zhǒng ràng wèi lì shǐ shàng chēng zuò shàn ràng yě jiù
上了首领。这种让位,历史上称作“禅让”,也就
shì yòng xuǎn jǔ de bàn fǎ tuī xuǎn xián dé de shǒu lǐng
是用选举的办法推选贤德的首领。

é huáng nǚ yīng yǔ xiāng fēi zhú
娥皇女英与湘妃竹

yáoshùn zhì lǐ tiān xià de shí hou hú nán de jiǔ yí shān shàng yǒu jiǔ tiáo
尧舜治理天下的时候，湖南的九嶷山上有九条
è lóng zhù zài jiǔ zuò yán dòng lǐ è lóng jīng cháng yóu dào xiāng jiāng zhè yàng
恶龙，住在九座岩洞里。恶龙经常游到湘江，这样
yī lái cháng cháng hóng shuǐ bào zhǎng zhuāng jia bèi huǐ fáng wū dǎo tā shùn
一来，常常洪水暴涨，庄稼被毁，房屋倒塌。舜
dé zhī è lóng huò hài bǎi xìng de xiāo xi fàn chī bù hǎo jiào shuì bù ān yī xīn
得知恶龙祸害百姓的消息，饭吃不好，觉睡不安，一心
xiǎng yào dào nán fāng qù bāng zhù bǎi xìng chú hài jiě nàn chéng zhì è lóng
想要到南方去帮助百姓除害解难，惩治恶龙。

shùn dì yǒu liǎng gè fēi zi míng jiào é huáng nǚ yīng tā men shì yáo dì
舜帝有两个妃子，名叫娥皇、女英，她们是尧帝
de liǎng gè nǚ ér yáo dì jué de shùn hěn xián míng jiù jiāng liǎng gè měi lì xián
的两个女儿。尧帝觉得舜很贤明，就将两个美丽、贤
huì de nǚ ér xǔ pèi gěi le shùn tā men liǎ shēn shòu yáo shùn de yǐng xiǎng yě
惠的女儿许配给了舜。她们俩深受尧舜的影响，也
hěn guān xīn bǎi xìng de shēng huó shùn zhè cì qù xiāng jiāng lù tú fēi cháng yáo
很关心百姓的生活。舜这次去湘江，路途非常遥
yuǎn é huáng hé nǚ yīng xiǎng dào shùn shì wèi le jiě chú bǎi xìng de zāi nàn hái shì
远，娥皇和女英想到舜是为了解除百姓的灾难，还是
kāi kāi xīn xīn de sòng shùn shàng lù le
开开心心地送舜上路了。

shùn dì zǒu le é huáng hé nǚ yīng zài jiā qī pàn zhe tā zhēng fú è lóng
舜帝走了，娥皇和女英在家期盼着他征服恶龙
de hǎo xiāo xi rì yè děng dài zhe tā de guī lái kě shì yī nián yòu yī nián guò
的好消息，日夜等待着他的归来。可是，一年又一年过
qù le yàn zi lái qù le jǐ huí shùn dì yī rán yǎo wú yīn xìn tā men kāi shǐ
去了，燕子来去了几回，舜帝依然杳无音信，她们开始
dān xīn le zài jiā lǐ jiǔ jiǔ pàn bù dào yīn xùn jiě mèi liǎ shāng liang zhe yǔ
担心了。在家里久久盼不到音讯，姐妹俩商量着：与
qí jiàn bù dào guī rén hái bù rú qián qù xún zhǎo yú shì tā men liǎ bù wèi jiān
其见不到归人，还不如前去寻找。于是，她们俩不畏艰
nán bá shān shè shuǐ dào nán fāng xiāng jiāng qù xún zhǎo zhàng fu
难，跋山涉水，到南方湘江去寻找丈夫。

tā men yě bù zhī fān guò le duō shǎo zuò shān shè guò duō shǎo dào shuǐ yī
她们也不知翻过了多少座山，涉过多少道水，一
lù shàng fēng cān lù sù zhōng yú lái dào le jiǔ yí shān jiǎo xià tā men yán zhe
路上风餐露宿，终于来到了九嶷山脚下。她们沿着
dà zǐ jīng hé dào le shān dǐng yòu yán zhe xiǎo zǐ jīng hé xià shān lái zhǎo biàn le
大紫荆河到了山顶，又沿着小紫荆河下山来，找遍了
jiǔ yí shān de měi gè shān cūn měi tiáo xiǎo dào shàng dōu liú xià le tā men de zú
九嶷山的每个山村，每条小道上都留下了她们的足
jì zhè yī tiān tā men lái dào le yī gè míng jiào sān fēng shí de dì fang zhè
迹。这一天，她们来到了一个名叫三峰石的地方。这
ér sǒng lì zhe sān kuài dà shí tou yǒu yī zuò zhēn zhū bèi lěi chéng de gāo dà de
儿，耸立着三块大石头，有一座珍珠贝垒成的高大的
fén mù sì zhōu wéi rào zhe cuì lǜ de zhú zi tā men gǎn dào hěn jīng yà biàn
坟墓，四周围绕着翠绿的竹子。她们感到很惊讶，便
xiàng fù jìn de xiāng qīn dǎ tīng xiāng qīn men hán zhe yǎn lèi gào sù tā men zhè
向附近的乡亲打听，乡亲们含着眼泪告诉她们："这
shì shùn dì de fén mù tā cóng yáo yuǎn de běi fāng gǎn lái bāng zhù wǒ men zhǎn chú
是舜帝的坟墓，他从遥远的北方赶来，帮助我们斩除
le jiǔ tiáo è lóng wǒ men guò shàng le ān lè de shēng huó kě shì tā zì jǐ
了九条恶龙。我们过上了安乐的生活，可是他自己
què liú jìn le hán shuǐ tǎng gān le xīn xuè bìng sǐ zài zhè lǐ le nà jiǔ yí
却流尽了汗水，淌干了心血，病死在这里了。"那九嶷

shānshàng de xiān hè yě wèi shùn de shì jī suǒ gǎn dòng tā men zhòu yè bù tíng de
山上的仙鹤也为舜的事迹所感动，它们昼夜不停地
cóng nán hǎi xián lái yī kē kē càn làn duó mù de zhēn zhū sǎ zài shùn dì de fén mù
从南海衔来一颗颗灿烂夺目的珍珠，撒在舜帝的坟墓
shàng biàn chéng le zhè zuò zhēn zhū fén mù ér sān kuài jù shí jiù shì shùn dì
上，便成了这座珍珠坟墓。而三块巨石，就是舜帝
yòng lái zhǎn chú è lóng de sān chǐ bà chā zài dì shàng biàn chéng de é huáng hé
用来斩除恶龙的三齿耙插在地上变成的。娥皇和
nǚ yīng tīng le zhè xiē bēi tòng wàn fēn bào tóu tòng kū qǐ lái tā men yī zhí
女英听了这些，悲痛万分，抱头痛哭起来。她们一直
kū le jiǔ tiān jiǔ yè yǎn jing kū zhǒng le sǎng zi kū yǎ le yǎn lèi yě liú gān
哭了九天九夜，眼睛哭肿了，嗓子哭哑了，眼泪也流干
le zuì hòu tā men kū chū le xuè lèi lái yě sǐ zài le shùn dì de fén mù
了。最后，她们哭出了血泪来，也死在了舜帝的坟墓
páng biān
旁边。

é huáng hé nǚ yīng de yǎn lèi sǎ zài le jiǔ yí shān de zhú zi shàng zhú
娥皇和女英的眼泪，洒在了九嶷山的竹子上，竹
gān shàng biàn chū xiàn le diǎn diǎn lèi bān yǒu zǐ sè de yǒu xuě bái de hái yǒu xuè
竿上便出现了点点泪斑，有紫色的，有雪白的，还有血
hóng xuè hóng de zhè biàn shì xiāng fēi zhú zhú zi shàng yǒu de hén jì xiàng
红血红的，这便是“湘妃竹”。竹子上有的痕迹像
zhǐ wén chuán shuō shì èr fēi zài zhú zi biān mǒ yǎn lèi yìn shàng de yǒu de zhú
指纹，传说是二妃在竹子边抹眼泪印上的；有的竹
zi shàng yǒu xiān hóng xiān hóng de xuè bān biàn shì é huáng hé nǚ yīng liú chū de xuè
子上有鲜红鲜红的血斑，便是娥皇和女英流出的血
lèi rǎn chéng de
泪染成的。

bèi pāo qì de hòu jì
被抛弃的后稷

gǔ shí hou yī gè jiào jiāng yuán de nǚ zǐ yǒu yī tiān qù jiāo wài yóu wán yī lù shàng tā bèng bèng tiào tiào hū rán fā xiàn lù shàng yǒu yī chuàn jù rén de jiǎo yìn jiāng yuán cǎi zhe wán shéi zhī dào gāng tā shàng qù shēn tǐ lǐ miàn jiù zhèn dòng le yī xià yuán lái zhè shì tiān dì liú xià de jiǎo yìn guò le bù jiǔ tā shēng xià le yī gè ér zi

古时候，一个叫姜嫄的女子有一天去郊外游玩。一路上，她蹦蹦跳跳，忽然发现路上有一串巨人的脚印。姜嫄踩着玩，谁知道刚踏上去，身体里面就振动了一下。原来这是天帝留下的脚印。过了不久，她生下了一个儿子。

hěn duō rén rèn wéi zhè jiàn guài shì bù jí lì tā men bǎ hái zi bào zǒu diū zài xiá zhǎi de xiàng zi lǐ kě shì qí guài de shì fā shēng le yī qún qún niú yáng jīng guò dōu xiǎo xīn de duǒ kāi le shēng pà cǎi dào huò shì pèng shāng zhè ge hái zi yǒu xiē niú yáng hái tíng xià lái gěi yīng ér wèi nǎi nà xiē rén yòu bǎ hái zi rēng dào shān lín lǐ gāng hǎo yǒu rén zài kǎn fá lín mù hái zi yòu bèi rēng zài jié bīng de hé miàn shàng zhè shí hū rán fēi lái yī zhī dà niǎo yòng máo

很多人认为这件怪事不吉利。他们把孩子抱走，丢在狭窄的巷子里。可是，奇怪的事发生了：一群群牛羊经过，都小心地躲开了，生怕踩到或是碰伤这个孩子。有些牛羊还停下来，给婴儿喂奶。那些人又把孩子扔到山林里，刚好有人在砍伐林木，孩子又被扔在结冰的河面上。这时，忽然飞来一只大鸟，用毛

róngróng de chì bǎng gài zhù hái zi wèi tā qǔ nuǎn jiāngyuán tīng dào hái zi de
茸茸的翅膀盖住孩子,为他取暖。姜嫄听到孩子的
kū shēng hěn xīn tòng tā zhǎo huí zì jǐ de hái zi jué xīn bǎ tā fǔ yǎngchéng
哭声,很心痛,她找回自己的孩子,决心把他抚养成
rén bìngwèi zhè ge céngjīng bèi pāo qì de hái zi qǐ míngjiào qì qì jiàn jiàn
人,并为这个曾经被抛弃的孩子起名叫“弃”。弃渐渐
zhǎng dà le tā fēi chángcōngmíng hái hěn xǐ huān láo dòng zuò yóu xì de shí
长大了,他非常聪明,还很喜欢劳动。做游戏的时
hou tā xǐ huānxué zhe zhòng zhí má ya dòu ya gǔ zi ya zhè xiē nóng zuò wù
候,他喜欢学着种植麻呀,豆呀,谷子呀这些农作物,
hái tè bié shàn yú guānchá zhuāng jia dà jiā dōu hěn pèi fú tā yīn wèi tā zhòng
还特别善于观察庄稼。大家都很佩服他,因为他种
de guā guǒ shū cài dōu zhǎng de yòu duō yòu hǎo qì zhǎng dà hòu dì yáo fēng tā
的瓜果蔬菜都长得又多又好。弃长大后,帝尧封他
wéinóng shī tā zì hào hòu jì cóng cǐ zhī hòu hòu jì bù jǐn jì xù péi
为农师,他自号“后稷”。从此之后,后稷不仅继续培
yù zhuāng jia hái chángcháng nài xīn de jiāo rén mínzhòng zhí gè zhǒng gǔ wù dà
育庄稼,还常常耐心地教人民种植各种谷物,大
jiā de rì zi dōu yuè guò yuè hǎo le
家的日子都越过越好了。

hòu jì wèinóng yè shēngchǎn zuò chū le hěn dà de gòngxiàn tā sǐ hòu rén
后稷为农业生产作出了很大的贡献,他死后,人
menwèi le jì niàn tā zūn jìng de chēng tā wéi nóngshén
们为了纪念他,尊敬地称他为“农神”。

shàn yú fā míngchuàng zào de qiǎo chuí

善于发明创造的巧倕

dì jùn shì tǒng zhì yǔ zhòu wàn wù de dà shén tā de dà jiā zú zhōng hěn
帝俊是统治宇宙万物的大神，他的大家族中很
duō rén dōu hěn shàn yú fā míng chuàng zào xiàng hòu jì chuàng zào le zhòng zhí dào
多人都很善于发明创造。像后稷创造了种植稻
gǔ de jì shù shū jūn fā míng le yòng niú gēng dì dì jùn de hòu rén zǒng shì
谷的技术，叔均发明了用牛耕地。帝俊的后人总是
yòng zì jǐ de cōngmíng cái zhì bù duàn wèi rén men zào fú zài tā men zhōng jiān
用自己的聪明才智不断为人们造福。在他们中间，
yǒu yī gè jiào chuí de tā zuì shàn yú fā míng chuàng zào
有一个叫倕的，他最善于发明创造。

chuí shì dì jùn de sūn zi dì jùn shēng le sān shēn sān shēn shēng le yì
倕是帝俊的孙子。帝俊生了三身，三身生了义
jūn yì jūn jiù shì chuí chuí xīn líng shǒu qiǎo yǒu hěn duō fēi cháng zhòng yào de fā
均，义均就是倕。倕心灵手巧，有很多非常重要的发
míng chuàng zào rén men yīn wèi tā xīn líng shǒu qiǎo dōu qīn qiè de jiào tā qiǎo
明创造，人们因为他心灵手巧，都亲切地叫他“巧
chuí qiǎo chuí yòu jiào gōng chuí hòu dài de gōng jiàng dōu yǐ tā wéi bǎng yàng
倕”。巧倕又叫工倕，后代的工匠都以他为榜样。
qiǎo chuí fā míng le hěn duō dōng xi shǐ rén men de láo dòng shēng huó fā shēng le
巧倕发明了很多东西，使人们的劳动、生活发生了
hěn dà de gǎi biàn bǐ rú shuō qiǎo chuí fā míng zhì zào le lěi sì diào děng
很大的改变。比如说，巧倕发明制造了耒、耜、铫等

nóng jù zhè xiē nóng jù xiāngdāng yú jīn tiān shǐ yòng de mù chā lí hé chú tou
农具，这些农具相当于今天使用的木叉、犁和锄头，
yǒu le zhè xiē gōng jù wǒ men de xiān rén fān tǔ zhòng dì bǐ yuán lái kuài le hěn
有了这些工具，我们的先人翻土种地比原来快了很
duō qiǎochuíyòu zhì zuò le dǎ liè yòng de gōng jiàn liè rén men kě yǐ yuǎn jù lí
多；巧倕又制作了打猎用的弓箭，猎人们可以远距离
de shè jiàn bù yòng zài wèi kào jìn bù liǎo líng qiǎo de yě tù huò shì pǎo de hěn kuài
地射箭，不用再为靠近不了灵巧的野兔或是跑得很快
de lù ér fā chóu le qiǎochuí hái fā míng le chuán zhè kě shì hěn zhòng yào de
的鹿而发愁了；巧倕还发明了船，这可是很重要的
fā míng a yuán lái rén men zhǐ néng zài hǎi biān jiǎn yī xiē hǎi dài zhī lèi de dōng
发明啊。原来人们只能在海边捡一些海带之类的东
xi yǒu le chuán rén men kě yǐ chéng zhe xiǎochuán dào yuǎn yī diǎn de hǎi miàn dǎ
西，有了船，人们可以乘着小船到远一点的海面打
yú yóuwán le qiǎochuí hái jīng xīn zhì zuò le zhōng gǔ qìng guǎn děng yuè qì
鱼、游玩了；巧倕还精心制作了钟、鼓、磬、管等乐器，
rén men zài láo dòng le yī tiān zhī hòu kě yǐ xiǎngshòu měi miào de yīn yuè le chú
人们在劳动了一天之后可以享受美妙的音乐了。除
le zhè xiē qiǎochuí hái wèi zì jǐ de tóngháng men zhì zuò le huà fāng yuán yòng de
了这些，巧倕还为自己的同行们制作了画方圆用的
guī jǔ yǐ jí zhǔn shéng děng yòng jù
规、矩以及准、绳等用具。

qiǎochuí méi yǒu cān jiā guò shén me dà de zhàn dòu kě shì tā fā míng zhì
巧倕没有参加过什么大的战斗，可是，他发明制
zào de zhè xiē dōng xi gěi wǒ men de zǔ xiān dài lái le duō dà de xìng fú a běi
造的这些东西给我们的祖先带来了多大的幸福啊。北
hǎi nà lǐ yǒu yī zuò bù jù zhī shān qiǎochuí zhè wèi píng fán ér yòu wěi dà de fā
海那里有一座不距之山，巧倕这位平凡而又伟大的发
míng jiā sǐ hòu jiù zàng zài nà lǐ
明家死后就葬在那里。

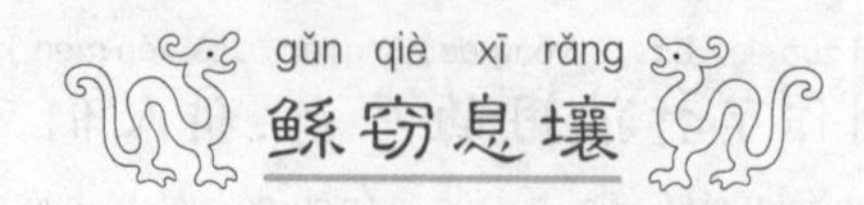

gǔn qiè xī rǎng

鲧窃息壤

dà yuē sì qiān duō nián yǐ qián shì yáo shùn shí dài shùn jì wèi bù jiǔ shí

大约四千多年以前是尧舜时代。舜继位不久，十

gè tài yáng yǐn fā de dà hàn gāng gāng guò qù jiù fā shēng le hǎn jiàn de dà hóng

个太阳引发的大旱刚刚过去，就发生了罕见的大洪

shuǐ gǔn gǔn hóng shuǐ pū tiān gài dì tiān jiē zhe shuǐ shuǐ lián zhe tiān tāo tāo bù

水。滚滚洪水铺天盖地，天接着水，水连着天，滔滔不

xī dì miàn shàng fáng wū dǎo tā zhuāng jia bèi huǐ xìng cún xià lái de rén yào

息。地面上房屋倒塌，庄稼被毁。幸存下来的人要

me zhù zài dà shù shàng yào me duǒ zài dòng xué zhōng yào me cáng jìn dà shān

么住在大树上，要么躲在洞穴中，要么藏进大山。

rén men zài hán lěng hé jī è zhōng zhēng zhá hái yào dǐ kàng qiǎng duó dì pán hé shí

人们在寒冷和饥饿中挣扎，还要抵抗抢夺地盘和食

wù de gè zhǒng yě shòu

物的各种野兽。

chuán shuō gǔn shì yī pǐ bái mǎ shì huáng dì de sūn zi gǔn kàn dào rén

传说鲧是一匹白马，是黄帝的孙子。鲧看到人

mín zhè me shòu kǔ xīn lǐ hěn tòng kǔ jué xīn bù xī yī qiè dài jià lái zhì lǐ

民这么受苦，心里很痛苦，决心不惜一切代价来治理

hóng shuǐ tā xiǎng yòng tǔ dǔ zhù jiāng hé de quē kǒu ràng fàn làn de jiāng hé shuǐ

洪水。他想用土堵住江河的缺口，让泛滥的江河水

liú dào dà hǎi kě shì zěn yàng cái néng zhù qǐ zǔ dǎng dà shuǐ de dī bà ne

流到大海。可是，怎样才能筑起阻挡大水的堤坝呢？

哪里才有那么多土呢？就在鲧万分着急的时候，一只神龟和一只神鹰告诉他：天上有一种东西叫息壤，它虽然很小，可一碰到水就会生长不息，洪水就能堵住了。鲧非常高兴，他打听到息壤就在天帝的宝座之下，很难拿走。鲧让朋友防风帮助他上了天庭，悄悄地拿到了息壤。那只神龟又来了，开始驮着鲧到处奔走，在洪水泛滥的地方投下一些息壤。神奇的是，这息壤真的越变越大、越变越多，江河缺口的地方重新筑起了堤坝，洪水很快被堵住了。

可是，天帝很快发现宝物被偷了，非常生气，一下子收回了息壤，人们又被洪水围困了。天帝还派祝融杀了鲧。但是，鲧的尸体三年没有腐烂，他的体内还产生了一个新的生命，那就是大禹。天帝让大禹去完成他父亲没有完成的事业，治理泛滥的洪水。

dà yǔ zhì shuǐ

大禹治水

gǔ shí hou huáng hé yī dài jīng cháng nào shuǐ zāi xiōng měng de hóng shuǐ
古时候，黄河一带经常闹水灾。凶猛的洪水
yān mò le tián dì chōng huǐ le fáng wū rén men liú lí shī suǒ wú jiā kě guī
淹没了田地，冲毁了房屋，人们流离失所，无家可归。
wèi le ràng rén men néng guò shàng ān dìng de shēng huó shùn dì pài dà yǔ qù zhěng
为了让人们能过上安定的生活，舜帝派大禹去整
zhì hóng shuǐ jiù zhè yàng dà yǔ jì chéng le fù qīn gǔn méi yǒu wán chéng de zhì
治洪水。就这样，大禹继承了父亲鲧没有完成的治
shuǐ shì yè
水事业。

dà yǔ lǐng mìng zhī hòu shǒu xiān xún zhǎo le fù qīn gǔn zhì shuǐ shī bài de jiào
大禹领命之后，首先寻找了父亲鲧治水失败的教
xùn jiē zhe jiù dài lǐng zhù shǒu men yī qǐ zǒu guò hěn duō dì fang bǎ shuǐ liú de
训，接着就带领助手们一起走过很多地方，把水流的
yuán tóu shàng yóu xià yóu dà lüè kǎo chá le yī biàn bìng zài zhòng yào de dì fang
源头、上游、下游大略考察了一遍，并在重要的地方
duī qǐ shí kuài huò kǎn fá shù mù zuò wéi jì hào yòng yú zhì shuǐ shí de cān kǎo
堆起石块或砍伐树木作为记号，用于治水时的参考。
jīng guò yī fān jiān kǔ de kǎo chá dà yǔ duì gè zhǒng shuǐ qíng zuò le rèn zhēn yán
经过一番艰苦的考察，大禹对各种水情作了认真研
jiū fā xiàn yòng dǔ de bàn fǎ xíng bù tōng yào yòng shū dǎo de bàn fǎ cái néng chè
究，发现用堵的办法行不通，要用疏导的办法才能彻

dǐ zhì lǐ shuǐhuàn yú shì dà yǔ shuài lǐng tú zhòng hé bǎi xìng dài zhe jiǎn lòu
底治理水患。于是，大禹率领徒众和百姓，带着简陋

de shí fǔ shí dāo shí chǎn mù lěi děng gōng jù kāi shǐ zhì shuǐ tā men yī
的石斧、石刀、石铲、木耒等工具，开始治水。他们一

xīn pū zài zhì shuǐ shàng lù sù yě cān cū yī dàn fàn fēng lǐ lái yǔ lǐ qù
心扑在治水上，露宿野餐，粗衣淡饭，风里来雨里去，

yóu qí shì dà yǔ qǐ zǎo tān hēi jīng jīng yè yè yāo lèi téng le tuǐ lèi zhǒng
尤其是大禹，起早贪黑，兢兢业业，腰累疼了，腿累肿

le réng rán gù bú shàng xiū xi
了，仍然顾不上休息。

dà yǔ jué dìng jí zhōng zhì shuǐ de rén lì tā dài lǐng lǎo bǎi xìng rì yè bù
大禹决定集中治水的人力，他带领老百姓日夜不

tíng de záo shān kāi qú zài qún shān zhōng kāi dào zài zhè jiān xīn de rì rì yè yè
停地凿山开渠，在群山中开道。在这艰辛的日日夜夜

lǐ dà yǔ de liǎn shài hēi le rén lèi shòu le shèn zhì lián xiǎo tuǐ dù zi shàng
里，大禹的脸晒黑了，人累瘦了，甚至连小腿肚子上

de hàn máo dōu bèi mó guāng le jiǎo zhǐ jiǎ yě yīn cháng qī pào zài shuǐ lǐ ér tuō
的汗毛都被磨光了，脚指甲也因长期泡在水里而脱

luò dàn tā hái zài cāo láo zhe zhǐ huī zhe zài tā de dài dòng xià zhì shuǐ jìn
落，但他还在操劳着、指挥着。在他的带动下，治水进

zhǎn shén sù dà shān zhōng yú huò rán dǎ kāi xíng chéng liǎng bì duì zhì zhī shì
展神速，大山终于豁然打开，形成两壁对峙之势，

hóng shuǐ yóu cǐ yī xiè qiān lǐ xiàng xià yóu liú qù jiāng hé cóng cǐ chàng tōng
洪水由此一泻千里，向下游流去，江河从此畅通。

dà yǔ zhì shuǐ qǔ dé le chéng gōng kě shì tā què wèi cǐ fù chū le hěn
大禹治水取得了成功，可是他却为此付出了很

duō yǒu yī tiān dà yǔ jīng guò jiā mén kǒu tā de qī zi gāng shēng xià hái zi
多。有一天，大禹经过家门口，他的妻子刚生下孩子。

dà yǔ tīng dào hái zi wā wā de tí kū shēng kě shì pà dān wù zhì shuǐ méi yǒu
大禹听到孩子哇哇的啼哭声，可是怕耽误治水，没有

jìn qù tàn wàng cōng cōng zǒu le jǐ nián hòu dà yǔ yòu jīng guò jiā mén kǒu
进去探望，匆匆走了。几年后，大禹又经过家门口，

qī zi bào zhe ér zi zhàn zài mén kǒu ér zi huī zhe xiǎo shǒu hǎn bà ba dà yǔ
妻子抱着儿子站在门口，儿子挥着小手喊爸爸。大禹

shēnqíng de wàng le tā men mǔ zǐ yī yǎn yòu zhuā jǐn shí jiān gǎn lù le yòu
深情地望了他们母子一眼，又抓紧时间赶路了。又
guò le jǐ nián dà yǔ dì sān cì jīng guò jiā mén kǒu ér zi yǐ jīng shí duō suì
过了几年，大禹第三次经过家门口，儿子已经十多岁
le dà yǔ ràng ér zi gào sù mā ma děng zhì hǎo hóng shuǐ hòu yī dìng huí jiā
了。大禹让儿子告诉妈妈，等治好洪水后一定回家。
dà yǔ shuō wán jiù jiǎo bù tíng bù de xiàng qián bēn qù
大禹说完就脚不停步地向前奔去。

dà yǔ sān guò jiā mén ér bù rù yī xīn yī yì zhì lǐ hóng shuǐ jīng guò
大禹三过家门而不入，一心一意治理洪水。经过
shí sān nián de xīn qín láo dòng hóng shuǐ zhōng yú bèi zhì fú le shì shì dài dài
十三年的辛勤劳动，洪水终于被制服了。世世代代
de rén dōu zài chēng sòng tā de fēng gōng wěi jì
的人都在称颂他的丰功伟绩。

大禹杀相柳

相柳是九头蛇身的怪物，他是水神共工的手下。他的身体非常庞大，胃口也特别大，一顿能吃好多东西。他的九个头可以同时伸向九座山，分别吃九座山上的东西。相柳的身体实在太重了，当他在地上游动的时候，游到哪里，哪里的大地就会深陷下去。这样一来，地面上到处都是裂缝。每当河水流过这些地方，雨水冲刷这些土地的时候，这些地方就变成了沼泽地和小溪沟。可是，相柳游过的地方存下的水又苦又涩，是不能喝的，人和动物喝下去就会生病。人们非常发愁，他们担心要是相柳再游来游去的，大家还怎么在这片土地上生活下去啊？

jiù zài zhè ge shí hou gònggōng hé zhuān xū wèi le zhēngduó dì wèi jìn xíng
就在这个时候，共工和颛顼为了争夺帝位进行
le yī chǎngshēng sǐ dà jiàoliàng gònggōng shì shuǐshén tā yònghóngshuǐyān mò
了一场生死大较量。共工是水神，他用洪水淹没
le tián dì hěnduō cì wèi cǐ dà yǔ yě cān jiā le gōng dǎ gònggōng de zhàndòu
了田地很多次，为此大禹也参加了攻打共工的战斗。
zhuān xū shā sǐ gònggōng dà yǔ zhì lǐ hǎohóngshuǐ shā sǐ le gònggōng de shǒu
颛顼杀死共工，大禹治理好洪水，杀死了共工的手
xià xiàng liǔ
下相柳。

xiàng liǔ sǐ hòu tā de xuè wū rǎn le dà dì tǔ dì zài yě zhǎng bù chū
相柳死后，他的血污染了大地，土地再也长不出
zhuāng jia le dà yǔ lǐngdǎo dà jiā gǎi zàonóngtián bǎ tǔ wā chū lái rán hòu
庄稼了。大禹领导大家改造农田，把土挖出来，然后
tiánpíng kě shì sān cì tiánpíng sān cì tā xiàn kàn lái zhèyàngzuò shì bù huì yǒu
填平。可是三次填平，三次塌陷，看来这样做是不会有
jié guǒ de dà yǔ xiǎng a xiǎng a tū rán xiǎngdào wèishén me bù néng bǎ
结果的。大禹想啊想啊，突然想到：为什么不能把
zhè xiē dì fang gǎi chéngshuǐ chí ne wǒ menpíng shí zhòngzhuāng jia yù dàohàn tiān
这些地方改成水池呢？我们平时种庄稼遇到旱天
jiù kě yǐ yǒushuǐ la dà jiā tīng le dà yǔ de zhǔ yi dōu jué dé hěnhǎo yú
就可以有水啦！大家听了大禹的主意都觉得很好。于
shì dà jiā jì xīn xié lì yī qǐ dòngshǒu bǎ zhè xiē dì fang gǎi zàochéng le xù
是，大家齐心协力一起动手，把这些地方改造成了蓄
shuǐ chí zhèyàngzuò hǎoxiàng shì shǎo le yī xiē tián dì kě shì tiān bù xià yǔ de
水池。这样做好像是少了一些田地，可是天不下雨的
shí hou dà jiā zài yě bù pà méiyǒushuǐ lái jiāoguànzhuāng jia le
时候，大家再也不怕没有水来浇灌庄稼了。

hé niǎo shòu shuō huà de bó yì

和鸟兽说话的伯益

dà yǔ dài lǐng dà jiā fèi jìn qiān xīn wàn kǔ cái zhì hǎo le tāo tāo hóng shuǐ
大禹带领大家，费尽千辛万苦才治好了滔滔洪水。
dà yǔ zài zhì shuǐ de guò chéng zhōng dé dào le hěn duō rén de bāng zhù bó yì jiù
大禹在治水的过程中得到了很多人的帮助，伯益就
céng jīng xié zhù guò dà yǔ
曾经协助过大禹。

shuō qǐ zhè bó yì de shēn shì yě hěn yǒu yì si ne tiān dì zhuān xū yǒu
说起这伯益的身世，也很有意思呢！天帝颛顼有
yī gè sūn nǚ míng jiào nǚ xiū yǒu yī tiān nǚ xiū zhèng zài máng zhe zhī bù
一个孙女，名叫女修。有一天，女修正在忙着织布，
hū rán fēi lái yī zhī yàn zi zài tā de shēn biān fēi lái fēi qù zuì hòu xià le yī
忽然飞来一只燕子，在她的身边飞来飞去，最后下了一
gè dàn nǚ xiū tūn xià le zhè méi yàn zi dàn bù jiǔ jiù huái yùn le shēng xià
个蛋。女修吞下了这枚燕子蛋，不久就怀孕了，生下
ér zi dà yè hòu lái dà yè shēng xià de ér zi míng jiào dà fèi yě jiù shì bó
儿子大业。后来大业生下的儿子名叫大费，也就是伯
yì zhè yàng shuō lái bó yì yīng gāi shì shén niǎo yàn zi de hòu dài ba huò xǔ
益。这样说来，伯益应该是神鸟燕子的后代吧，或许
bó yì běn shēn jiù shì yī zhī yàn zi biàn lái de
伯益本身就是一只燕子变来的。

hóng shuǐ fàn làn de shí hou yǒu xiē cǎo mù yīn dà shuǐ ér zhǎng de tài mào
洪水泛滥的时候，有些草木因大水而长得太茂

shèng yī xiē měng shòu yǒu le hěn hǎo de cáng shēn zhī dì bó yì dài lǐng bǎi
盛，一些猛兽有了很好的藏身之地。伯益带领百
xìng diǎn rán huǒ bǎ bǎ nà xiē fēng zhǎng de cǎo mù shāo diào nà xiē wēi hài rén
姓，点燃火把，把那些疯长的草木烧掉。那些危害人
men de xiōng qín měng shòu wú chù cáng shēn zhǐ hǎo sì sǎn táo dào hěn yuǎn de dì fang
们的凶禽猛兽无处藏身，只好四散逃到很远的地方。

bó yì hái yǒu yī gè wú rén néng bǐ de tè cháng jiù shì tā tōng xiǎo fēi
伯益还有一个无人能比的特长，就是他通晓飞
qín zǒu shòu de xìng qíng ér qiě dǒng dé tā men de yǔ yán zhī dào tā men biǎo dá
禽走兽的性情，而且懂得它们的语言，知道它们表达
de yì si bó yì lái dào shān lín kàn dào yī zhī gǒu xióng màn màn de pá guò
的意思。伯益来到山林，看到一只狗熊慢慢地爬过
qù jiù zhī dào nà shì xióng mā ma zài wèi zì jǐ de bǎo bao zhǎo chī de tīng dào
去，就知道那是熊妈妈在为自己的宝宝找吃的；听到
niǎo què jī jī zhā zhā de jiào shēng jiù míng bái nà shì niǎo er men zài shāng liang zěn
鸟雀叽叽喳喳的叫声，就明白那是鸟儿们在商量怎
me zhù cháo ne dà jiā yī zhì rèn wéi bó yì guǎn lǐ cǎo mù hé niǎo shòu zuì hé
么筑巢呢。大家一致认为，伯益管理草木和鸟兽最合
shì dà yǔ biàn rèn mìng bó yì wéi shān zé guān tóng shí yòu wěi pài bào hǔ
适，大禹便任命伯益为山泽官，同时又委派豹、虎、
xióng pí sì zhǒng shòu zhōng de tóu mù zuò tā de zhù shǒu bó yì bù jǐn néng
熊、罴四种兽中的头目做他的助手。伯益不仅能
tīng dǒng niǎo shòu de jiào shēng hái néng mó fǎng tā de mó fǎng kě yǐ yǐ jiǎ luàn
听懂鸟兽的叫声，还能摹仿。他的摹仿可以以假乱
zhēn guǎn lǐ hé xùn liàn niǎo shòu de gōng zuò zuì shì hé bó yì qù zuò
真，管理和训练鸟兽的工作最适合伯益去做。

jù shuō bó yì shì qín rén de zǔ xiān zhè shì yīn wèi bó yì bāng zhù
据说，伯益是秦人的祖先。这是因为，伯益帮助
dà yǔ xún fú niǎo shòu lì xià dà gōng bèi cì yíng xìng qín shì jiā zú biàn kāi shǐ
大禹驯服鸟兽立下大功，被赐嬴姓，秦氏家族便开始
shēng shēng bù xī zhè ge jiā zú de hòu shì zǐ sūn zhōng yǒu bù shǎo rén zhǎng
生生不息。这个家族的后世子孙中，有不少人长
zhe niǎo de shēn zi hái néng xiàng rén yī yàng jiǎng huà
着鸟的身子，还能像人一样讲话。

xuán niǎo shēng xià de qì

玄鸟生下的契

jiǎn dí shì yáo dì de dì èr gè fēi zi shì yǒu sōng shì de dà nǚ ér

简狄是尧帝的第二个妃子，是有娀氏的大女儿。

tā de mèi mei míng jiào jiàn cī jiě mèi liǎ dōu fēi cháng piào liang

她的妹妹名叫建疵。姐妹俩都非常漂亮。

yǒu yī tiān jiě mèi liǎ yī qǐ chū qù yóu wán lái dào yī gè jiào xuán qiū de

有一天，姐妹俩一起出去游玩，来到一个叫玄丘的

dì fang zhè lǐ yǒu hěn qīng chè de wēn quán wēn quán shuǐ hěn wēn nuǎn jiě mèi

地方。这里有很清澈的温泉。温泉水很温暖，姐妹

liǎ dōu xiǎng xià qù xǐ gè zǎo tā men xià dào shuǐ lǐ yī biān xǐ zǎo yī biān wán

俩都想下去洗个澡。她们下到水里，一边洗澡一边玩

shuǎ tū rán tiān shàng fēi lái yī zhī niǎo zuǐ lǐ hái xián zhe yī kē luǎn dāng

耍。突然，天上飞来一只鸟，嘴里还衔着一颗卵。当

dà niǎo fēi guò shuǐ miàn de shí hou qīng qīng de zhāng kāi zuǐ ba nà kē luǎn jiù diào

大鸟飞过水面的时候，轻轻地张开嘴巴，那颗卵就掉

le xià lái děng jiǎn dí jiàn cī xiǎng zǐ xì qù kàn shí nà zhī niǎo zǎo yǐ fēi

了下来。等简狄、建疵想仔细去看时，那只鸟早已飞

yuǎn le jiě mèi liǎ zài kàn kàn nà kē luǎn yuán lái shì yī kē wǔ cǎi bān lán de

远了。姐妹俩再看看那颗卵，原来是一颗五彩斑斓的

luǎn fēi cháng kě ài jiě mèi liǎ dōu dǎ xīn yǎn er lǐ xǐ huān shàng le zhè kē

卵，非常可爱。姐妹俩都打心眼儿里喜欢上了这颗

luǎn zhēng zhe yào ná dào shǒu lǐ jiě jie jiǎn dí yǎn míng shǒu kuài qiǎng dào le

卵，争着要拿到手里。姐姐简狄眼明手快，抢到了

shǒu lǐ tā pà mèimeiqiǎngzǒu jiù yī xià zi bǎ tā hán jìn zuǐ lǐ shéi zhī
手里。她怕妹妹抢走，就一下子把它含进嘴里。谁知

dào tā tū rán yī bù xiǎo xīn jiāngniǎoluǎn tūn le xià qù zhè xià zi tā jué de
道，她突然一不小心将鸟卵吞了下去。这下子，她觉得

shēn tǐ lǐ miàn yī zhènzhèndòng huí qù zhī hòu jiǎn dí jiù huáishàng le shēn
身体里面一阵振动。回去之后，简狄就怀上了身

yùn bù jiǔ tā shēng xià le yī gè nán hái gěi tā qǔ míng zi jiào zuò
孕。不久，她生下了一个男孩，给他取名字叫做

qì qì jiù shì yīn rén de shǐ zǔ
“契”。契就是殷人的始祖。

jiǎn dí hěncōngmíng shàngtōngtiānwén xià dǒng dì lǐ ér qiě xīn dì shàn
简狄很聪明，上通天文、下懂地理，而且心地善

liáng fēi chángxián huì dào qì zhǎng dà yī diǎn de shí hou tā jiù yī zhí jiào dǎo
良、非常贤惠。到契长大一点的时候，她就一直教导

qì yàojiǎng rén dé zài mā ma de jiào yù xià qì bù jǐn cōngmíng xīn dì yě
契要讲仁德。在妈妈的教育下，契不仅聪明，心地也

hé mā ma yī yàng dān chún shàn liáng dà jiā dōu zhī dào qì shì xuán niǎo shēng
和妈妈一样单纯、善良。大家都知道契是玄鸟生

de suǒ yǐ yīn rén zūnchēng qì wéixuánwáng hái yǒu yī zhǒngshuō fǎ shuō zài
的，所以殷人尊称契为玄王。还有一种说法，说在

yáo dì sǐ hòu shùn dì jì wèi shí qì fù zé zhǎngguǎn rén men de dào dé jiào
尧帝死后，舜帝继位时，契负责掌管人们的道德教

yù dào le dà yǔ de shí dài qì yòu yīn wèibāngzhù dà yǔ zhì shuǐ lì xià gōng
育。到了大禹的时代，契又因为帮助大禹治水立下功

láo zuì hòu dà yǔ fēng gěi tā shāng zǒng zhī zhè ge xuánniǎoshēng xià de qì
劳，最后，大禹封给他商。总之，这个玄鸟生下的契

chūshēn bù yī bān hòu lái chéng le yī wèi liǎo bù qǐ de rén wù
出身不一般，后来成了一位了不起的人物。

神犬盘瓠

从前，帝喾高辛氏的王宫里住着一位老妇人。她得了一种奇怪的耳病，找了很多医生都没有治好。最后，她用耳勺从耳朵里挖出一只像蚕茧一样的怪虫，病才好了。老妇人把怪虫放在瓠里，用盘子盖住。没想到，过了一会儿，怪虫竟然变成了一只很好看的狗，身上布满了五彩斑斓的花纹。后来，这只盘瓠成了帝喾的爱犬，天天跟随帝喾的左右，形影不离。

这时候，有个房王造反，多次侵犯帝喾的领地。帝喾对他的臣民说，谁要是能砍下房王的头颅，就赏给他黄金千斤，封他做官，并把女儿许配给他。

kě shì dà jiā dōu zhī dào fáng wáng hěn lì hai shéi dōu bù gǎn qù guò le jǐ
可是,大家都知道房王很厉害,谁都不敢去。过了几
tiān dì kù tū rán fā xiàn pán hù bù jiàn le dào chù dōu méi yǒu tā de zōng jì
天,帝喾突然发现盘瓠不见了,到处都没有它的踪迹。
pán hù kě shì cóng lái bù lí kāi zì jǐ de a dì kù xīn lǐ hěn zháo jí ài
盘瓠可是从来不离开自己的啊。帝喾心里很着急,爱
quǎn jiū jìng qù le nǎ lǐ
犬究竟去了哪里?

yuán lái pán hù dú zì qù le fáng wáng nà lǐ fáng wáng kàn dào dì kù
原来,盘瓠独自去了房王那里。房王看到帝喾
de ài quǎn dōu lí kāi tā le xīn xiǎng kěn dìng néng bǎ dì kù dǎ bài le zhè tiān
的爱犬都离开他了,心想肯定能把帝喾打败了。这天
wǎn shàng fáng wáng hěn xìng fèn hē le hěn duō jiǔ jiù zài fáng wáng zuì dǎo
晚上,房王很兴奋,喝了很多酒。就在房王醉倒,
shén me dōu bù zhī dào de shí hou pán hù chèn rén bù bèi kā de yī shēng bǎ
什么都不知道的时候,盘瓠趁人不备,“咔”的一声把
tā de tóu yǎo le xià lái lián yè gǎn huí le dì kù de wáng gōng dì kù yī kàn
他的头咬了下来,连夜赶回了帝喾的王宫。帝喾一看
zì jǐ de ài quǎn lì le dà gōng fēi cháng gāo xìng kě shì tā mǎ shàng fā chóu
自己的爱犬立了大功,非常高兴,可是,他马上发愁
le zěn me néng bǎ nǚ ér jià gěi ài quǎn ne dì kù zuǒ sī yòu xiǎng jué de
了:怎么能把女儿嫁给爱犬呢?帝喾左思右想,觉得
bù néng wéi bèi zì jǐ de nuò yán hái shì bǎ nǚ ér jià gěi le tā pán hù hěn
不能违背自己的诺言,还是把女儿嫁给了它。盘瓠很
gāo xìng kě shì tā bù yuàn zuò guān bēi zhe dì kù de gōng zhǔ xiàng nán shān zǒu
高兴,可是它不愿做官,背着帝喾的公主向南山走
qù nán shān yī dài rén jì hǎn zhì cǎo mù fán mào tā men jiù zhù zài shān yá
去。南山一带人迹罕至、草木繁茂,他们就住在山崖
shàng de shí dòng lǐ sān nián zhī hòu pán hù hé gōng zhǔ shēng xià liù nán liù
上的石洞里。三年之后,盘瓠和公主生下六男六
nǚ cóng cǐ zhī hòu pán hù de hòu rén jiù zhè yàng yī dài yī dài de shēng huó xià
女,从此之后,盘瓠的后人就这样一代一代地生活下
qù le
去了。

jiāo rén de gù shi

鲛人的故事

dà jiā yī dìng tīng guò xī fāng shén huà zhōng měi rén yú de gù shi qí shí
大家一定听过西方神话中美人鱼的故事，其实，
wǒ men guó jiā yě yǒu měi rén yú jiào zuò jiāo rén nán hǎi zhī wài yǒu yī zhǒng jiāo
我们国家也有美人鱼，叫做鲛人。南海之外有一种鲛
rén zhǎng zhe yú de wěi ba hé rén de shēn zi tā men xiàng yú yòu xiàng rén
人，长着鱼的尾巴和人的身子，她们像鱼又像人，
zhǎng de méi qīng mù xiù xiàng měi lì de nǚ rén tā men pí ròu bái de rú yù
长得眉清目秀，像美丽的女人。她们皮肉白得如玉
shí yī bān cháng fà pī jiān yòu hēi yòu liàng rú mǎ wěi yī yàng yǒu wǔ liù chǐ
石一般，长发披肩，又黑又亮如马尾一样，有五六尺
cháng tā men xiàng yú yī yàng shēng huó zài shuǐ zhōng yě xiàng zài lù dì shàng
长。她们像鱼一样生活在水中，也像在陆地上
jū zhù de rén yī yàng néng fǎng zhī yuè liang gāo gāo guà zài tiān kōng de yè wǎn
居住的人一样能纺织。月亮高高挂在天空的夜晚，
hǎi miàn ān jìng hǎi fēng zhèn zhèn chuī guò de shí hou ǒu ěr hái néng tīng dào shēn hǎi
海面安静，海风阵阵吹过的时候，偶尔还能听到深海
zhōng chuán chū de zhī bù jī de shēng yīn ne
中传出的织布机的声音呢。

chuán shuō hǎi biān de jū mín yǒu yī cì bǔ lái yī gè jiāo rén tā kàn dào jiāo
传说海边的居民有一次捕来一个鲛人，他看到鲛
rén rú cǐ měi lì wēn shùn jiù liú xià tā ràng tā zuò zì jǐ de qī zi jiāo
人如此美丽、温顺，就留下她，让她做自己的妻子。鲛

rén bù néngcháng shí jiān lí kāi shuǐ nà yú mín jiù xiū le yī gè shuǐ chí gěi tā jū
人不能长时间离开水,那渔民就修了一个水池给她居
zhù měitiān yú mín chū hǎi bǔ yú de shí hou jiāo rén jiù zài dà shuǐ chí zhōng
住。每天,渔民出海捕鱼的时候,鲛人就在大水池中
zhī bù lèi le jiù yóu lái yóu qù yuǎnyuǎn de níng shì zhe dà hǎi shāng xīn dài
织布,累了就游来游去,远远地凝视着大海伤心。待
dào yú mín huí lái jiāo rén jiù cóngshuǐ chí zhōngchū lái wèi yú mín zuò fàn xǐ yī
到渔民回来,鲛人就从水池中出来,为渔民做饭、洗衣
fu bǎ zhī hǎo de bù jiāo gěi yú mín dì èr tiān yú mín jiù jiāng zhī hǎo de bù
服,把织好的布交给渔民。第二天,渔民就将织好的布
ná chū qù mài liǎng rén dào yě guò de píngpíng ān ān
拿出去卖,两人倒也过得平平安安。

dàn shì jiāo rén yī zhí guò de bù kāi xīn tā xīn lǐ hěn xiǎng huí dào dà
但是,鲛人一直过得不开心,她心里很想回到大
hǎi nà lǐ cái shì tā zhēnzhèng de zì yóu zì zài de jiā a yú mín zuì hòu zhǐ
海,那里才是她真正的自由自在的家啊。渔民最后只
hǎofàng tā huí qù lín zǒu qián jiāo rén duì yú mín shuō xiè xiè nín jiù le
好放她回去。临走前,鲛人对渔民说:“谢谢您救了
wǒ qǐng nín gěi wǒ yī zhī dà pán zi ràng wǒ yòng wǒ de yǎn lèi liú zuò jì niàn
我!请您给我一只大盘子,让我用我的眼泪留作纪念
ba yú mínduān gěi tā yī zhī dà pán zi jiāo rén kàn zhe yú mín liǎn shàng liú
吧!”渔民端给她一只大盘子,鲛人看着渔民,脸上流
lù chū bēi shāng de shénqíng bù yī huì er jiāo rén de yǎn lèi jiù yī dī yī dī
露出悲伤的神情,不一会儿,鲛人的眼泪就一滴一滴
de luò zài pán zi lǐ le lìng rén jīng qí de shì zhè xiē lèi zhū yī luò xià lái
地落在盘子里了。令人惊奇的是,这些泪珠一落下来
jiù biànchéng le yī kē kē jīngyíng de zhēnzhū jiāo rén bǎ mǎnpán de zhēnzhū zèng
就变成了一颗颗晶莹的珍珠。鲛人把满盘的珍珠赠
sòng gěi yú mín rán hòu yóuxiàng le dà hǎi bù zhī qù xiàng
送给渔民,然后游向了大海,不知去向。

lǐn jūn yǔ yán shuǐ nǚ shén

廪君与盐水女神

yáo yuǎn de xī nán fāng yǒu zuò wǔ luò zhōng lí shān shān shàng de rén yuè
遥远的西南方，有座武落钟离山。山上的人越
lái yuè duō dòng xué zhù bù xià le chī de dōng xi yě yuè lái yuè shǎo shǒu lǐng
来越多，洞穴住不下了，吃的东西也越来越少。首领
lǐn jūn jué dìng shuài lǐng dà jiā qù xún zhǎo xīn de lè yuán tā men huá zhe chuán
廪君决定率领大家去寻找新的乐园。他们划着船
shùn liú ér xià dào le yán yáng
顺流而下，到了盐阳。

yán yáng yǒu tiáo yán shuǐ hé nà lǐ yǒu wèi yán shuǐ nǚ shén tā zhǎng de chǔ
盐阳有条盐水河，那里有位盐水女神，她长得楚
chǔ dòng rén shàn liáng cōng yǐng zhè wèi nǚ shén yī jiàn dào lǐn jūn jiù xǐ huān
楚动人、善良聪颖。这位女神一见到廪君，就喜欢
shàng le tā xiǎng hé tā jié wéi fū qī lǐn jūn suī rán yě yǒu xiē xǐ huān nǚ
上了他，想和他结为夫妻。廪君虽然也有些喜欢女
shén dàn gǎn dào yán yáng dì fang tài xiǎo bù shì dà jiā zhù xià de zuì hǎo dì diǎn
神，但感到盐阳地方太小，不是大家住下的最好地点。
rú guǒ zì jǐ dān dú liú xià duì bù qǐ quán bù zú de fù lǎo xiāng qīn sī lái
如果自己单独留下，对不起全部族的父老乡亲。思来
xiǎng qù lǐn jūn hái shì wǎn yán xiè jué le nǚ shén de yāo qiú chī qíng de nǚ shén
想去，廪君还是婉言谢绝了女神的要求。痴情的女神
bìng bù gān xīn tā měi tiān wǎn shàng qiāo qiāo pǎo lái péi bàn lǐn jūn dài zǎo chén
并不甘心。她每天晚上悄悄跑来陪伴廪君，待早晨

天一放亮，就化为细小的飞虫，还率领无数飞虫聚集在空中，弄得昏天黑地。廪君想要起程出发，却总是被飞虫拦住。

一连几天都是这样，廪君很着急，他想啊想啊，终于想出一个不得已的办法。一天，廪君派人送给女神一缕青色发丝，去的人说："廪君愿意和你结成夫妇，请你一定要把它系在身上。"盐水女神听了很高兴，急忙把这束发丝系在腰间。

早晨，当女神又变成小飞虫，在天空中飞舞的时候，她腰间那缕青色发丝随风摇曳。廪君拿起弓箭，朝着青色发丝的方向射去，随着一声痛苦的呻吟，盐水女神从半空坠入盐水之中，带着对廪君的思念和无限遗憾死去了。天上的飞虫也飞散开来，大家尽情欢呼，可廪君眼里噙着泪花，心里非常难过。

后来，廪君带领部族百姓终于找到一块肥沃的土地，就在那里盖房子、建城池。从此，他们的子孙就在这大西南世世代代生活了下来。

shén xiān zhù de kūn lún shān

神仙住的昆仑山

kūn lún shān zài xī běi de fāng xiàng shì tiān dì zài xià jiè de dū chéng
昆仑山在西北的方向，是天帝在下界的都城。
shēn wéi tiān dì de huáng dì cháng cháng zài zhè lǐ yóu wán xiū xi
身为天帝的黄帝常常在这里游玩、休息。

kūn lún shān gāo dà wēi é jù shuō yǒu yī wàn yī qiān yī bǎi yī shí sì bù
昆仑山高大巍峨，据说有一万一千一百一十四步
èr chǐ liù cùn nà me gāo shān shàng yǒu zuò gōng diàn gòng yǒu wǔ zuò chéng chí
二尺六寸那么高。山上有座宫殿，共有五座城池、
shí èr zuò lóu gé sì zhōu wéi zhe bái yù lán gān měi yī miàn yǒu jiǔ kǒu jǐng hé jiǔ
十二座楼阁，四周围着白玉栏杆，每一面有九口井和九
shàn mén gōng diàn zhèng mén duì zhe dōng fāng měi tiān zǎo chén yíng jiē xù rì shēng
扇门。宫殿正门对着东方，每天早晨迎接旭日升
qǐ yóu shén shòu lù wú bǎ shǒu lù wú zhǎng zhe rén miàn hǔ shēn yǒu jiǔ gè
起，由神兽陆吾把守。陆吾长着人面虎身，有九个
tóu fēi cháng wēi wǔ gōng zhōng hái yǒu xǔ duō hóng sè de fèng huáng kān guǎn
头，非常威武。宫中还有许多红色的凤凰，看管
gè zhǒng yòng jù hé yī fu
各种用具和衣服。

gōng nèi zuì gāo chù yǒu yī zhū cū cū gāo gāo de dào zi xī biān shì zhū
宫内最高处有一株粗粗高高的稻子。西边是珠、
yù hé xuán shù dōng biān shì shā táng shù hé láng gān shù láng gān shù shàng néng shēng
玉和璇树，东边是沙棠树和琅玕树，琅玕树上能生

zhǎngměi yù xíngzhuàngxiàng yī lì lì zhēnzhū lánggānshùyóu yī wèi jiào lí zhū
长美玉,形状像一粒粒珍珠。琅玕树由一位叫离朱
de tiānshénkānshǒu tā yǒu sān tóu liù yǎn sān gè tóu lún liú shuì jiào suǒ yǐ bù
的天神看守,他有三头六眼,三个头轮流睡觉,所以不
lùn bái tiān hái shì wǎnshàng zǒngyǒu yī zhī yǎn jing zhù shì zhe zhōuwéi de dòng jìng
论白天还是晚上,总有一只眼睛注视着周围的动静。

dào zi de běi miàn shēngzhǎng zhe bì yáo zhū wén yù gān qí děng
稻子的北面,生长着碧、瑶、珠、文玉、玕琪等
shù jié de shì měi yù hé zhēnzhū nánmiànjiàngshù yǒudiāoniǎo fù shé hé liù
树,结的是美玉和珍珠。南面降树,有雕鸟、蝮蛇和六
shǒujiāo hái yǒu yī zhǒng shì ròu shì ròu xíngzhuàngxiàng niú gān zhōng jiān shēng
首蛟,还有一种视肉。视肉形状像牛肝,中间生
le yī duì xiǎo yǎn jing qí guài de shì tā de ròu zǒng shì chī bù wán chī wán yī
了一对小眼睛,奇怪的是它的肉总是吃不完,吃完一
kuài mǎ shàngyòuzhǎng le chū lái
块马上又长了出来。

kūn lún shāndōng běi sì bǎi lǐ yǒu yī zuò xuán pǔ shì tiān dì zài xià fāng
昆仑山东北四百里,有一座悬圃,是天帝在下方
de huāyuán yóu yī wèimíngjiàoyīngzhāo de shénguǎn lǐ tā zhǎngzhe rén miàn mǎ
的花园,由一位名叫英招的神管理。他长着人面马
shēn quánshēnzhǎngzhe lǎo hǔ de bānwén bèi shàng hái yǒu yī duì chì bǎng tā
身,全身长着老虎的斑纹,背上还有一对翅膀。他
zài tiānkōng fēi xíng xún shì zhe xuán pǔ xuán pǔ xià yǒu yī gǔ yī chén bù rǎn de
在天空飞行,巡视着悬圃。悬圃下有一股一尘不染的
quánshuǐ yáoshuǐ yáoshuǐ yī zhí liú dàokūn lún shān fù jìn de yáo chí zhōng
泉水——瑶水,瑶水一直流到昆仑山附近的瑶池中。

jù kūn lún shān bù yuǎnchù yǒu yī zuò yán shān shēngchǎn yī zhǒng róu ruǎn
距昆仑山不远处有一座岩山,生产一种柔软
de bái yù yù zhōngfēn mì chū jié bái yóu rùn de yù gāo shì tiān dì de shí wù
的白玉,玉中分泌出洁白油润的玉膏,是天帝的食物。
duō yú de yù gāoyòng lái guàn gài dān mù měiguò wǔ nián dān mù jiù kāi chū wǔ
多余的玉膏用来灌溉丹木。每过五年,丹木就开出五
sè de huāduǒ jié chū wǔ wèi de xiānguǒ
色的花朵,结出五味的鲜果。

shén xiān de lè yuán —— péng lái、fāng zhàng hé yíng zhōu

神仙的乐园——蓬莱、方丈和瀛洲

cóng dōng fāng de bó hǎi xiàng dōng jǐ wàn yì lǐ de dì fang，yǒu yī gè hěn
从东方的渤海向东几万亿里的地方，有一个很
dà de hǎi gōu，jiào guī xū。zhè lǐ shì shēn bù jiàn dǐ、hào hàn wú biān de yī dà
大的海沟，叫归墟。这里是深不见底、浩瀚无边的一大
piàn shuǐ。tiān shàng de shuǐ hé hé lǐ de shuǐ dōu liú xiàng zhè lǐ。jiù zài zhè méi
片水。天上的水和河里的水都流向这里。就在这没
yǒu biān jì de dà shuǐ zhōng yǒu sān zuò shén shān，tā men shì péng lái、fāng zhàng hé
有边际的大水中有三座神山，它们是蓬莱、方丈和
yíng zhōu。měi zuò shén shān dōu yǒu sān wàn lǐ gāo，shān de zhōu wéi yě yǒu sān wàn
瀛洲。每座神山都有三万里高，山的周围也有三万
lǐ nà me dà。sān zuò shān suī rán dōu zài hǎi gōu zhōng，dàn tā men zhī jiān xiāng
里那么大。三座山虽然都在海沟中，但它们之间相
gé fēi cháng yáo yuǎn。
隔非常遥远。

shén shān zhè me gāo dà，kě tā men de dǐng dōu fēi cháng kāi kuò、píng tǎn。
神山这么高大，可它们的顶都非常开阔、平坦。
nà shàng miàn bù shì jīn zi jiù shì yù shí，dào chù dōu shǎn shuò zhe yào yǎn de guāng
那上面不是金子就是玉石，到处都闪烁着耀眼的光
máng。zhè lǐ jù jí zhe hěn duō niǎo er hé shòu lèi，tā men dōu fēi cháng piào
芒。这里聚集着很多鸟儿和兽类，它们都非常漂
liàng，máo pí xiàng bái sè de chóu duàn yī yàng jié bái。shān dǐng de sì zhōu dōu shì
亮，毛皮像白色的绸缎一样洁白。山顶的四周都是

dà shù shù shàng jié zhe shǔ bù qīng de bǎo yù shù shàng de huā duǒ hé guǒ shí
大树，树上结着数不清的宝玉。树上的花朵和果实
dōu shí fēn xiāng tián rén chī xià qù jiù huì yǒng yuǎn nián qīng zhù zài zhè lǐ de dōu
都十分香甜，人吃下去就会永远年轻。住在这里的都
shì shén qí de xiān rén tā men yǒu huì fēi de chì bǎng chéng fēng ér xíng lái qù
是神奇的仙人，他们有会飞的翅膀，乘风而行，来去
zì yóu
自由。

péng lái shān wèi yú dà hǎi de dōng běi jiǎo shān de wài miàn huán rào zhe míng
蓬莱山位于大海的东北角，山的外面环绕着冥
hǎi méi yǒu fēng shuǐ miàn yě huì qǐ hěn gāo de làng wài miàn de rén hěn nán jiē jìn
海，没有风水面也会起很高的浪，外面的人很难接近。
péng lái shān shàng yǒu hěn duō xiān rén zhù de gōng diàn dōu shì yòng jīn yù zuò chéng
蓬莱山上有很多仙人住的宫殿，都是用金玉做成
de fāng zhàng zhōu shì lóng jū zhù de dì fang shàng miàn jiàn yǒu jīn yù liú lí
的。方丈洲是龙居住的地方。上面建有金玉琉璃
de gōng diàn hái yǒu liú tǎng bù xī de yù shí quán shuǐ nà xiē bù yuàn yì shàng
的宫殿，还有流淌不息的玉石泉水。那些不愿意上
tiān de xiān rén yě dōu zhù zài zhè lǐ tā men zhòng zhí le dà piàn dà piàn de xiān
天的仙人也都住在这里，他们种植了大片大片的仙
cǎo yíng zhōu bǐ péng lái shān hé fāng zhàng zhōu yào shāo xiǎo yī xiē shàng miàn
草。瀛洲比蓬莱山和方丈洲要稍小一些，上面
shēng zhǎng zhe líng zhī xiān cǎo yù lǐ quán mào chū lái de quán shuǐ xiàng jiǔ yī yàng
生长着灵芝仙草，玉醴泉冒出来的泉水像酒一样，
wú bǐ gān měi hē xià qù jiù huì zuì dǎo dàn néng ràng rén cháng shēng bù lǎo
无比甘美，喝下去就会醉倒，但能让人长生不老。

péng lái fāng zhàng hé yíng zhōu shì shén xiān men de lè yuán shì shàng de
蓬莱、方丈和瀛洲是神仙们的乐园。世上的
rén dōu xiàng wǎng zhe sān zuò shén shān xī wàng kàn yī yǎn shān shàng de shén xiān
人都向往着三座神山，希望看一眼山上的神仙，
gèng xī wàng dé dào bù sǐ yào kě shì shén shān hěn nán dào dá chéng chuán de
更希望得到不死药。可是，神山很难到达，乘船的
rén men yǎn kàn jiù yào dào le yī zhèn fēng yě xǔ jiù bǎ chuán chuī yuǎn le kě
人们眼看就要到了，一阵风也许就把船吹远了。可

néng jiù shì yīn wèi zhè yàng rén men cái huì bù tíng de qù xiǎng xiàng nà yàng yī gè
能就是因为这样，人们才会不停地去想象那样一个

lǐ xiǎng ān lè de shén xiān shì jiè ba
理想、安乐的神仙世界吧。

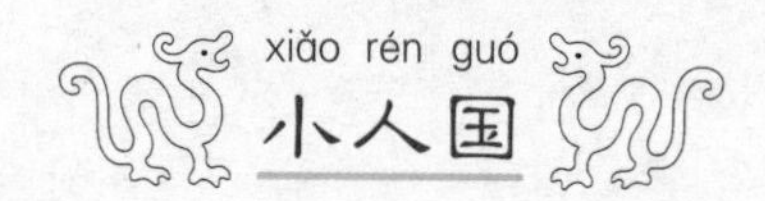

小人国

南部海外很远的地方，三首国的东边有一个叫焦侥国（也叫僬侥国）的地方。这里的人身材十分矮小。要是有谁长到三尺长，那就算是国家中很高很高的人了。一般的人身高不过一尺五六寸，甚至有的只有几寸高。别看小人国的人个子矮小，但他们却很注重仪表，出门总是穿戴整齐，大家见面时也很有礼貌地相互问好。这个国家的人姓几，都居住在山洞里，平常出来耕地种粮食。小人国人都很聪明，很会种庄稼，因此他们都能吃上很好的五谷。他们又擅长制造各式各样的工具和灵巧别致的东西。据说，在尧帝统治的时候，他们还制造过一种叫“没羽”

的名箭，献给了尧帝。

焦侥国人过着安逸的生活，虽然身材矮小，可也一样在生活和劳动中自得其乐。但是，小人也有小人的苦恼。在耕田的时候，常常有一种白鹤突然飞来，靠近田地的时候就猛地冲过来，把小人吞下去。因此，当小人国人去田里的时候，常常让身高十丈的大秦国人来帮忙。

西部海外很远的地方也有一个叫鹄国的小人国。这里的人也很懂礼貌，见面就相互行礼；他们能活到三百岁。鹄国人走路很快，一天能走一千里。他们最害怕的是海鸥。很神奇的是，被海鸥吞进肚中的小人能依然活着，而海鸥也会变得神奇起来：一天能飞一千里，能活到三百岁。除此之外，还有一些神奇的小人。银山上有一棵女树，天一亮，树上就生出一些婴儿，太阳出来了，他们就来到地面玩耍，太阳落山，婴儿就不见了，第二天又生出新的婴儿。西海的大食王国，有一块方石，石头上有一棵树，树上结的是一

gè gè xiào hā hā de xiǎo hái er tīng qǐ lái shì bù shì yǒu xiē xiàng xī yóu

个个笑哈哈的小孩儿。听起来是不是有些像《西游

jì lǐ de rén shēnguǒ ne

记》里的人参果呢？

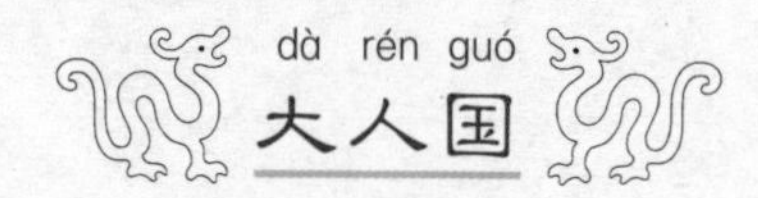

dà rén guó
大人国

zài dōng hǎi zhī wài nà huāng yuǎn de dì fang yǒu yī zuò dà yán shān tài
在东海之外那荒远的地方，有一座大言山，太
yáng hé yuè liang cóng zhè lǐ shēng qǐ dà yán shān fù jìn yǒu yī zuò bō gǔ shān
阳和月亮从这里升起。大言山附近有一座波谷山，
zhè lǐ yǒu gè dà rén guó dà rén guó lǐ yǒu yī zuò jù dà de tīng táng guó zhōng
这里有个大人国。大人国里有一座巨大的厅堂，国中
de rén dōu jiào tā dà rén táng nà shì dà rén guó de rén men jí huì jiāo liú
的人都叫它“大人堂”，那是大人国的人们集会、交流
de dì fang
的地方。

dà rén guó de rén gè gè shēn cái fēi cháng gāo dà tā men dōu xìng lí píng
大人国的人个个身材非常高大，他们都姓釐，平
cháng zhǔ yào chī xiǎo mǐ zhè lǐ de rén huái yùn sān shí liù nián cái chū shēng shēng
常主要吃小米。这里的人怀孕三十六年才出生，生
xià lái tóu fà jiù shì bái de yīng ér yě dōu gè tóu gāo dà hái néng téng yún jià
下来头发就是白的。婴儿也都个头高大，还能腾云驾
wù de zài kōng zhōng yóu dàng jù shuō yǒu rén kàn jiàn guò dà rén guó de rén zài
雾地在空中游荡。据说，有人看见过大人国的人在
shān hǎi xiāng jiē de dì fang huá zhe chuán tā men de shēn cái shí zài tài gāo dà
山海相接的地方划着船。他们的身材实在太高大
le yuǎn yuǎn wàng qù hái shì nà me gāo dà kuí wú lìng rén jīng qí dà rén guó
了，远远望去还是那么高大魁梧，令人惊奇。大人国

hái yǒu yī zhǒng tóu shì huáng sè de dà qīng shé yě zhǎng de jù dà wú bǐ tā
还有一种头是黄色的大青蛇，也长得巨大无比，它
néng bǎ yī pǐ tuó lù gěi huó huó tūn xià qù ne
能把一匹驼鹿给活活吞下去呢。

lóng bó guó yě shì dà rén jù jū de guó jiā zài kūn lún yǐ běi jiǔ wàn lǐ
龙伯国也是大人聚居的国家。在昆仑以北九万里
chù céng jīng yǒu rén jiàn dào yī wèi lóng bó guó de dà rén shēn gāo sān shí zhàng
处，曾经有人见到一位龙伯国的大人，身高三十丈，
huó le yī wàn bā qiān suì kūn lún shān de dōng biān yǒu dà qín rén shēn cháng shí
活了一万八千岁。昆仑山的东边有大秦人，身长十
zhàng chuān zhe sī chóu yī shang lìng wài hái yǒu tiāo rén guó nà lǐ rén de
丈，穿着丝绸衣裳。另外，还有佻人国，那里人的
shēn gāo jìng zhì sān shí zhàng líng wǔ chǐ xī běi hǎi nà lǐ hái yǒu gèng gāo de ràng
身高竟至三十丈零五尺。西北海那里还有更高得让
rén chī jīng de dà rén tā men shēn zi yǒu èr qiān lǐ nà me cháng liǎng zhī jiǎo fēn
人吃惊的大人，他们身子有二千里那么长，两只脚分
kāi lái jiù yǒu yī qiān lǐ dù zi yǒu yī qiān liù bǎi lǐ nà me dà zhè zhǒng dà
开来就有一千里，肚子有一千六百里那么大。这种大
rén bù chī wǔ gǔ hé yú ròu dàn měi tiān yào hē wǔ dǒu jiǔ měi féng è le biàn
人不吃五谷和鱼肉，但每天要喝五斗酒，每逢饿了，便
xiàng tiān yǐn jiǔ xǐ huān dào chù yóu wán shān chuān shù lín jiān hú pō hǎi yáng biān
向天饮酒；喜欢到处游玩，山川树林间、湖泊海洋边
dōu yǒu tā men de zú jì dà rén suī rán gāo dà wēi měng dàn shì tā men cóng lái
都有他们的足迹。大人虽然高大威猛，但是他们从来
bù qù shāng hài bié rén yǔ tiān dì tóng zài yǔ qí tā de rén dòng wù xiāng ān
不去伤害别人，与天地同在，与其他的人、动物相安
wú shì rén men chēng hū zhè yàng de dà rén wéi wú lù zhī rén
无事。人们称呼这样的大人为“无路之人”。

zhàng fū guó hé nǚ zǐ guó

丈夫国和女子国

gǔ shí hou yǒu yī zhǒng yǒu hài de niǎo míng jiào wéi niǎo tā men jù jí
古时候，有一种有害的鸟，名叫维鸟，它们聚集
dì de běi fāng yǒu yī gè zhàng fū guó zhè lǐ de rén quán shì nán rén méi yǒu yī
地的北方有一个丈夫国。这里的人全是男人，没有一
gè nǚ rén zhàng fū guó měi gè rén dōu chuān zhuó zhěng qí shēn shàng hái pèi dài
个女人。丈夫国每个人都穿着整齐，身上还佩带
zhe yī bǎ bǎo jiàn jù shuō zài yīn dài de shí hou yǒu yī gè jiào tài wù de yīn
着一把宝剑。据说在殷代的时候，有一个叫太戊的殷
wáng hěn xiǎng cháng shēng bù lǎo yú shì tā pài qiǎn shǒu xià yī gè jiào wáng
王，很想长生不老。于是，他派遣手下一个叫王
mèng de rén dài lǐng yī qún rén qù xī wáng mǔ nà lǐ qiú bù sǐ yào kě shì
孟的人，带领一群人去西王母那里求不死药。可是，
tōng wǎng xiān jiè de lù hěn nán zhǎo dào zhè qún rén yī zhí zhǎo a zhǎo a jiù shì
通往仙界的路很难找到，这群人一直找啊找啊，就是
zhǎo bù dào tōng xiàng xī wáng mǔ zhù de nà zuò yù shān de lù zuì hòu tā men
找不到通向西王母住的那座玉山的路。最后，他们
zǒu dào le zhè ge dì fang liáng shi yě chī guāng le tā men jiù liú le xià lái
走到了这个地方，粮食也吃光了，他们就留了下来。
wèi le huó xià qù tā men jiù shàng shù cǎi guǒ zi chī bō shù pí zuò yī fu
为了活下去，他们就上树采果子吃，剥树皮做衣服。
kě shì zhè lǐ méi yǒu yī gè nǚ rén a tā men yī bèi zi yě qǔ bù dào qī
可是，这里没有一个女人啊，他们一辈子也娶不到妻

zi qí guài de shì zhàng fū guó de nán rén men yī rén néng shēng liǎng gè ér
子。奇怪的是，丈夫国的男人们一人能生两个儿
zi yǒu rén shuō liǎng gè ér zi shì cóng fù qīn yè wō xià de lèi gǔ jiān zuān chū
子。有人说两个儿子是从父亲腋窝下的肋骨间钻出
lái de yě yǒu rén shuō xiǎo nán hái shì fù qīn de yǐng zi biàn de
来的，也有人说小男孩是父亲的影子变的。

zài wū xián guó de běi biān yǒu yī gè nǚ zǐ guó zhè ge guó jiā sì miàn
在巫咸国的北边，有一个女子国，这个国家四面
huán shuǐ hé wài jiè méi yǒu wǎng lái yǔ zhàng fū guó xiāng fǎn zhè lǐ shēng huó
环水，和外界没有往来。与丈夫国相反，这里生活
de dōu shì nǚ zǐ méi yǒu yī gè nán rén nǚ zǐ guó lǐ yǒu yī gè dà shuǐ chí
的都是女子，没有一个男人。女子国里有一个大水池，
jiào zuò huáng chí nǚ hái zi zài huáng chí lǐ xǐ gè zǎo chū lái jiù huái yùn le
叫做黄池。女孩子在黄池里洗个澡，出来就怀孕了。
yào shì zhè ge nǚ rén shēng xià le nán hái zi nà zhè ge nán hái bù dào sān suì jiù
要是这个女人生下了男孩子，那这个男孩不到三岁就
huì sǐ diào zhè yàng yī lái nǚ zǐ guó jiù jiàn bù dào yī gè nán rén le
会死掉。这样一来，女子国就见不到一个男人了。

hái yǒu yī gè hěn qí guài de guó jiā jiào sī yōu guó zhè ge guó jiā nán
还有一个很奇怪的国家，叫司幽国。这个国家男
rén hé nǚ rén dǎo shì quán de kě shì nán rén hé nǚ rén què fēn kāi lái shēng huó
人和女人倒是全的，可是男人和女人却分开来生活，
hù xiāng yě bù lái wǎng gèng bù huì jié hūn nà sī yōu guó rén zěn me fán yǎn
互相也不来往，更不会结婚。那司幽国人怎么繁衍
tā men de hòu dài ne yuán lái tā men kào de shì yǎn jing sī yōu guó nán rén
他们的后代呢？原来，他们靠的是眼睛。司幽国男人
hé nǚ rén zhǐ yào yòng yǎn jing hù xiāng kàn zhe duì fāng shēn tǐ lǐ miàn jiù yǒu zhèn
和女人只要用眼睛互相看着对方，身体里面就有振
dòng zhè yàng jiù kě yǐ shēng xià hái zi le
动，这样就可以生下孩子了。

huì dǎ yú de cháng bì guó rén
会打渔的长臂国人

zài sānshǒuguó de dōngmiànyǒu yī gè cháng bì guó shēnghuó zài cháng bì
在三首国的东面有一个长臂国。生活在长臂
guó de rén shēn cái de gāo ǎi yǔ yī bān rén chà bù duō dàn shì tā menyǒu yī gè
国的人，身材的高矮与一般人差不多，但是他们有一个
míngxiǎn de tè diǎn jiù shì liǎng zhī shǒu bì zhǎng de tè bié tè bié cháng yǒu rén
明显的特点，就是两只手臂长得特别特别长。有人
shuōcháng bì guó rén liǎngshǒu kě yǐ chuí dào dì miàn hái yǒu rén shuōcháng bì guó
说长臂国人两手可以垂到地面，还有人说长臂国
rén de shǒu bì zú zú yǒu sānzhàngduōcháng hěn yǒu yì si de shì yuǎnyuǎn zǒu
人的手臂足足有三丈多长！很有意思的是，远远走
lái yī gè cháng bì guó rén rén hái gé de hěn yuǎn ne shǒu bì yǐ jīng shēn dào nǐ
来一个长臂国人，人还隔得很远呢，手臂已经伸到你
de miànqián le yào shì liǎng gè cháng bì guó rén jiàn miàn jiù suàn lí de hěn yuǎn
的面前了；要是两个长臂国人见面，就算离得很远，
shǒu yě néng wò zài yī qǐ
手也能握在一起。

zhè me cháng de shǒu bì yǒu shén me zuò yòng ne yuán lái cháng bì guó
这么长的手臂有什么作用呢？原来，长臂国
rén yào kào tā men cháng cháng de shǒu bì qù dà hǎi lāo yú ne cháng bì guó lí
人要靠他们长长的手臂去大海捞鱼呢。长臂国离
dà hǎi hěn jìn zhè lǐ de rén shì shì dài dài yǐ bǔ yú wéi shēng tā men hěn yǒu
大海很近，这里的人世世代代以捕鱼为生。他们很有

yī tào bǔ lāo de běn lǐng zhè dāng rán lí bù kāi tā men de cháng bì le bù
一套捕捞的本领，这当然离不开他们的长臂了。不
guǎn shì jìn hǎi hái shì yuǎn yī xiē de hǎi miàn cháng bì guó rén de cháng bì dōu
管是近海还是远一些的海面，长臂国人的长臂都
néngbāngshàng dà máng nà chángcháng de shǒu bì hěn líng huó néng qīng qīng sōng
能帮上大忙，那长长的手臂很灵活，能轻轻松
sōng de jiāngwǎng sǎ de hěn yuǎn shēn yī diǎn de dì fang yě néngyòngxiǎowǎng zhí
松地将网撒得很远；深一点的地方也能用小网直
jiē lāo yú yào shì yǒu yú cóng tā men yǎn pí zi dǐ xià yóu guò tā men de
接捞鱼。要是有鱼从他们眼皮子底下游过，他们的
chángshǒu bì qīngqīng de yī zhuā yú ér jiù zài tā menshǒuzhōng le cháng bì
长手臂轻轻地一抓，鱼儿就在他们手中了。长臂
guó de rén jīngchángshǒuzhōng ná zhe yī tiáo yú hǎoxiàng shì zài wánshuǎ yě hǎo
国的人经常手中拿着一条鱼，好像是在玩耍，也好
xiàng zài qìngzhù bǔ yú de chénggōng zǒng zhī tā men kàn qǐ lái shì nà me kāi
像在庆祝捕鱼的成功。总之，他们看起来是那么开
xīn
心！

gèngyǒu qù de shì zài xióngcháng de běi biān hái yǒu yī gè cháng gǔ guó
更有趣的是，在雄常的北边还有一个长股国。
cháng gǔ guó de rén pī san zhe chángcháng de tóu fa tuǐ zhǎng de yě yǒu sānzhàng
长股国的人披散着长长的头发，腿长得也有三丈
cháng cháng gǔ guó rén chángcháng bēi zhe cháng bì guó de rén xià hǎi liǎngguó rén
长。长股国人常常背着长臂国的人下海，两国人
pèi hé qǐ lái yī qǐ bǔ yú zhè yàng de chángshǒu bì pèi hé cháng tuǐ bǔ qǐ
配合起来一起捕鱼。这样的长手臂配合长腿，捕起
yú lái jiù gèngfāngbiàn gèngqīngsōng le
鱼来就更方便、更轻松了。

huì fēi de yǔ mín guó rén

会飞的羽民国人

nánshān de dōngmiàn yǒu yī chù dì fang shēngzhǎng zhe yī zhǒng qí yì de

南山的东面有一处地方，生长着一种奇异的

bǐ yì niǎo zhè zhǒng niǎo kàn shàng qù xiàng yě yā tā men hún shēn yǔ máo de

比翼鸟。这种鸟看上去像野鸭，它们浑身羽毛的

yán sè shì qīng sè zhōng jiān dài diǎn hóng sè qí guài de shì zhè zhǒng niǎo zhǐ

颜色是青色中间带点红色。奇怪的是，这种鸟只

zhǎng le yī zhī yǎn jing yī zhī jiǎo hé yī zhī chì bǎng yī zhī chì bǎng de niǎo

长了一只眼睛、一只脚和一只翅膀。一只翅膀的鸟

er zěn me néng fēi ne yīn cǐ zhè xiē niǎo er zǒng shì liǎng zhī hé zài yī qǐ

儿怎么能飞呢？因此，这些鸟儿总是两只合在一起，

zhè yàng jiù néng zài kōngzhōng zì yóu zì zài de fēi lái fēi qù le zài zhè xiē niǎo

这样就能在空中自由自在地飞来飞去了。在这些鸟

er qī xī de dōng nán miàn yǒu yī gè yǔ mín guó gù míng sī yì zhè ge guó

儿栖息的东南面，有一个羽民国。顾名思义，这个国

jiā de rén hún shēn zhǎng mǎn le yǔ máo tóu fa shì yín bái sè de yǎn jing shì

家的人，浑身长满了羽毛，头发是银白色的，眼睛是

hóng sè de nà jiān jiān de zuǐ ba jiù xiàng niǎo huì yī yàng bèi shàng hái zhǎng zhe

红色的，那尖尖的嘴巴就像鸟喙一样，背上还长着

yī duì chì bǎng yǔ mín guó de rén bù dàn zhǎng xiàng yǒu hěn duō yǔ niǎo er xiāng

一对翅膀。羽民国的人不但长相有很多与鸟儿相

si de dì fang zài shēnghuó xí xìngshàng yě hěn xiàng niǎo er yǔ mín guó de rén

似的地方，在生活习性上也很像鸟儿。羽民国的人

gè gè dōunéng fēi xiáng dàn dōu fēi bù liǎo hěn yuǎn tā men suī rán shì rén què
个个都能飞翔，但都飞不了很远。他们虽然是人，却
shì luǎnshēng yě yǒu rén shuō yǔ mín guó de rén bù jǐn luǎnshēng ér qiě shēng
是卵生。也有人说，羽民国的人不仅卵生，而且生
luǎn hòu biànchéng bǎi niǎo hái yǒu yī zhǒng shuō fǎ yǔ mín guó lǐ yǒu hěn duō luán
卵后变成百鸟。还有一种说法：羽民国里有很多鸾
niǎo zhè zhǒng luánniǎo hé fènghuáng hěn xiāng si quán shēn zhǎng mǎn wǔ yán liù sè
鸟，这种鸾鸟和凤凰很相似，全身长满五颜六色
de yǔ máo bù jǐn guāng cǎi duó mù ér qiě xiǎn de shí fēn huá guì yǔ mín guó de
的羽毛，不仅光彩夺目而且显得十分华贵。羽民国的
rén jiù kào chī luánniǎo de dàn guò huó měi tiān chī zhè me zhēn qí ér měi wèi de shí
人就靠吃鸾鸟的蛋过活，每天吃这么珍奇而美味的食
wù yīn cǐ yǔ mín guó de rén zhǎng de dōu xiàng xiān rén shì de
物，因此，羽民国的人长得都像仙人似的。

yǔ mín guó jù jiǔ yí shān yǒu sì wàn sān qiān lǐ dì shì hǎi wài de sān shí
羽民国距九嶷山有四万三千里地，是海外的三十
wǔ guó zhī yī zhè hǎi wài sān shí wǔ guó zhī zhōng hái yǒu yī gè máo mín guó nà
五国之一。这海外三十五国之中还有一个毛民国，那
lǐ de rén hún shēn shàng xià zhǎng mǎn le máo tā men bù chuān yī fu zài dì
里的人浑身上下长满了毛。他们不穿衣服，在地
shàng wā chū yī gè gè dòng lái tā men jiù zhù zài zhè xiē dòng xué lǐ miàn máo
上挖出一个个洞来，他们就住在这些洞穴里面。毛
mín guó rén shì bù huì fēi xiáng de yǔ mín guó de fù jìn hái yǒu yī gè luǎn mín
民国人是不会飞翔的。羽民国的附近还有一个卵民
guó nà lǐ de rén de zhǎng xiàng hé yǔ mín guó de rén chà bù duō jì shì luǎn
国，那里的人的长相和羽民国的人差不多，既是卵
shēng píng cháng yòu yǐ chī luǎn wéi shēng hé niǎo er hěn xiāng sì zhì yú huì bù
生，平常又以吃卵为生，和鸟儿很相似，至于会不
huì fēi jiù bù zhī dào le
会飞就不知道了。

shǒu qiǎo de qí gōng guó rén

手巧的奇肱国人

dà yǔ wèi le zhì lǐ jiāng hé zhǐ zhù fàn làn de hóng shuǐ céng jīng dào guò
大禹为了治理江河、止住泛滥的洪水，曾经到过
xǔ duō hěn piān yuǎn de dì fang zài nà xiē qí qí guài guài de dì fang tā yù dào
许多很偏远的地方。在那些奇奇怪怪的地方，他遇到
guò xǔ duō qí qí guài guài de shì qing tè bié shì nà xiē qí yì guó dù lǐ de qí
过许多奇奇怪怪的事情，特别是那些奇异国度里的奇
yì de rén gèng shì lìng dà yǔ dà kāi yǎn jiè zhè xiē qí guài de guó dù gè yǒu
异的人，更是令大禹大开眼界。这些奇怪的国度各有
gè de fēng tǔ rén qíng qí gōng guó jiù shì qí zhōng de yī gè
各的风土人情，奇肱国就是其中的一个。

qí gōng guó de rén yǒu shén me tè bié de dì fang ne xiān cóng zhǎng xiàng
奇肱国的人有什么特别的地方呢？先从长相
lái shuō ba shēng zhǎng zài zhè lǐ de rén quán dōu zhǐ zhǎng yī zhī gē bo qí
来说吧，生长在这里的人全都只长一只胳膊。奇
gōng guó fù jìn yǒu yī gè yī bì guó yī bì guó de rén yě shì zhǐ zhǎng yī zhī
肱国附近有一个一臂国。一臂国的人也是只长一只
gē bo dàn shì hé qí gōng guó hěn bù xiāng tóng yī bì guó rén suī rán yě zhǐ yǒu
胳膊，但是，和奇肱国很不相同，一臂国人虽然也只有
yī zhī gē bo dàn shì què zhǐ yǒu yī zhī yǎn jing yī gè bí kǒng lián zhè lǐ chǎn
一只胳膊，但是却只有一只眼睛、一个鼻孔，连这里产
de yī zhǒng huáng mǎ yě shì zhǎng zhe yī zhī yǎn jing hé yī zhī qián jiǎo quán shēn
的一种黄马，也是长着一只眼睛和一只前脚，全身

bù mǎnxiàng lǎo hǔ yī yàng de bānwén ér qí gōngguó de rén què dōu zhǎng zhe
布满像老虎一样的斑纹。而奇肱国的人却都长着
sān zhī yǎn jing ér qiě shì yīn yáng yǎn qí gōng guó rén cháng cháng qí zhe yī
三只眼睛，而且是阴阳眼。奇肱国人常常骑着一
zhǒng jiào jí liáng de mǎ zhè zhǒng mǎ yě hěn bù yī bān quánshēnzhǎngmǎn
种叫“吉良”的马。这种马也很不一般，全身长满
bái sè huāwén bēnpǎo de shí hou hóng sè de zōngmáo qīngqīng piāo qǐ lái fēi cháng
白色花纹，奔跑的时候红色的鬃毛轻轻飘起来，非常
hǎo kàn jí liáng de bó lǐng xiàng jī de wěi ba yǎn jing fàng shè chū jīn huáng sè
好看。吉良的脖领像鸡的尾巴，眼睛放射出金黄色
de guāng jù shuō rén yào shì néng qí shàng zhè zhǒng mǎ jiù kě yǐ huó shàng yī qiān
的光，据说人要是能骑上这种马就可以活上一千
suì zài qí gōngguó zhōng hái yǒu yī zhǒng zhǎng zhe liǎng gè nǎo dài de niǎo quán
岁。在奇肱国中，还有一种长着两个脑袋的鸟，全
shēn jīn huáng tā chángcháng zài rén men de zhōuwéi fēi lái fēi qù
身金黄，它常常在人们的周围飞来飞去。

qí gōngguó de rén zuì dà de tè diǎn jiù shì gè gè dōu hěn cōngmíng tā men
奇肱国的人最大的特点就是个个都很聪明，他们
shàn yú zhì zuò gè zhǒng líng qiǎo de jī xiè huò gōng jù zhuānmén yòng lái bǔ zhuō
善于制作各种灵巧的机械或工具，专门用来捕捉
gè zhǒng fēi qín hé zǒu shòu qí gōngguó rén hái zhì zào guò yī zhǒng fēi chē zhè
各种飞禽和走兽。奇肱国人还制造过一种飞车，这
zhǒng fēi chē néng jiè zhù fēng lì fēi xiàng yuǎn fāng jù shuō yǒu yī cì tā men
种飞车能借助风力飞向远方。据说，有一次，他们
zhì zào de fēi chē yī xià zi biàn fēi dào yù zhōu yī dài bù xìng de shì zhè zhǒng fēi
制造的飞车一下子便飞到豫州一带，不幸的是这种飞
chē bèi dāng dì rén pò huài le shí nián zhī hòu dāng dì rén cái yǔn xǔ zhè xiē fēi
车被当地人破坏了。十年之后，当地人才允许这些飞
lái de rén fǎng zào xīn de fēi chē chéng fēi chē fǎn huí tā men de guó jiā zhè qí
来的人仿造新的飞车，乘飞车返回他们的国家。这奇
gōngguó lí yù ménguān hái yǒu sì wàn duō lǐ de lù chéng yào shì méi yǒu fēi chē
肱国离玉门关还有四万多里的路程，要是没有飞车，
zhè me yuǎn de lù bù zhī dào yào zǒu dào shén me shí hou ne
这么远的路不知道要走到什么时候呢！

长生的不死国人

海外的众多仙国都是名副其实的“长生”国。像那西部海外的小人国——鹄国，这个国家的人能活到三百岁。这也不算什么，要知道，池移国的人能活到一万岁，龙伯国的人还能活一万八千岁呢！像这样长寿的国度还真不少，比如白民国、君子国，还有那人民心灵手巧的奇肱国。就拿轩辕国来说吧，这个国家的人就算命不长的人也能活到八百岁。

可是，长寿毕竟不是永远有生命，再长寿命的人总有死去的那一天。有的国度就显得更加神奇了。这些国家的人长生不老，只知道“生”，不知道“死”是怎么一回事。荒僻的南方穿胸国的东边就

yǒu yī gè bù sǐ zhī guó zhè gè guó jiā de rén tóng shǔ yú yī gè ē xìng de shì
有一个不死之国,这个国家的人同属于一个阿姓的氏
zú tā men de shēn tǐ kàn qǐ lái shì hēi sè de tā men zěn me néng gòu cháng
族。他们的身体看起来是黑色的。他们怎么能够长
shēng bù sǐ ne yuán lái tā men de guó jiā lǐ miàn yǒu yī zuò zhēn qiū shān
生不死呢?原来,他们的国家里面有一座贞丘山,
shān shàng yǒu yī zhǒng jiào gān mù de bù sǐ shù bù sǐ shù shàng jié yī zhǒng hǎo
山上有一种叫甘木的不死树,不死树上结一种好
chī de guǒ zi chī xià tā rén jiù kě yǐ cháng shēng bù lǎo zhēn qiū shān xià yǒu
吃的果子,吃下它人就可以长生不老。贞丘山下有
yī yǎn chì quán hē le chì quán de shuǐ tóng yàng yě kě yǐ ràng rén cháng shēng bù
一眼赤泉,喝了赤泉的水,同样也可以让人长生不
lǎo bù sǐ guó de rén cháng nián chī gān mù de guǒ zi kě le jiù hē chì quán de
老。不死国的人常年吃甘木的果子,渴了就喝赤泉的
shuǐ tā men dāng rán bù huì sǐ le
水,他们当然不会死了。

xī fāng de huāng yě zhī zhōng yǒu yī gè sān miàn yī bì guó zhè lǐ de rén
西方的荒野之中有一个三面一臂国,这里的人
xiàng mào qí tè dōu zhǎng zhe sān zhāng liǎn dàn zhǐ yǒu yī zhī gē bo chuán shuō
相貌奇特,都长着三张脸,但只有一只胳膊。传说
tā men dōu shì zhuān xū tiān dì de hòu dài zǐ sūn tā men yě hé bù sǐ guó de rén
他们都是颛顼天帝的后代子孙,他们也和不死国的人
yī yàng kě yǐ cháng shēng bù lǎo hái yǒu yī gè wú qǐ guó wú qǐ guó rén jū
一样可以长生不老。还有一个无启国,无启国人居
zhù zài dòng xué zhī zhōng píng cháng jiù yǐ tǔ qì hé yú wéi shí wù rén yǔ rén
住在洞穴之中,平常就以土、气和鱼为食物,人与人
zhī jiān yě méi yǒu nán nǚ de qū bié zhè ge guó jiā de rén zuì qí guài de jiù shì
之间也没有男女的区别。这个国家的人最奇怪的就是
tā men de fù huó le wú qǐ guó rén yǒu shēng yǒu sǐ dàn shì rén sǐ le zhī
他们的“复活”了。无启国人有生有死,但是人死了之
hòu xīn zāng què bù fǔ làn yī bǎi èr shí nián zhī hòu suí zhe xīn zāng pēng pēng
后,心脏却不腐烂,一百二十年之后随着心脏“砰砰”
de tiào dòng rén yòu huó guò lái la tā men jiù zhè yàng sǐ ér fù shēng shēng
的跳动,人又活过来啦!他们就这样死而复生,生

sǐ xúnhuán dāngwú qǐ guó rén yíng lái nà yī bǎi èr shí nián de sǐ qī de
死循环。当无启国人迎来那一百二十年的“死期”的
shí hou tā men zhǐ shì bǎ tā dāngchéng yī shēng zhī zhōng de yī cì xiǎoshuì huò
时候,他们只是把它当成一生之中的一次小睡或
xiū xi bà le
休息罢了。